詹海林 ◎ 著

番禺

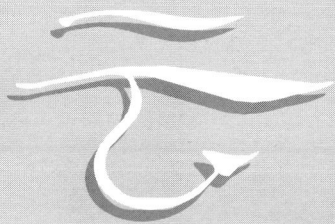

起时

长江出版传媒 长江文艺出版社

图书在版编目（CIP）数据

番禺云起时 / 詹海林著. -- 武汉：长江文艺出版社，2023.7
ISBN 978-7-5702-3121-8

Ⅰ. ①番… Ⅱ. ①詹… Ⅲ. ①诗集－中国－当代
Ⅳ. ①I227

中国国家版本馆 CIP 数据核字（2023）第 069505 号

番禺云起时
PANYU YUN QI SHI

责任编辑：胡　璇　　　　　　　　责任校对：毛季慧
装帧设计：壹道设计　　　　　　　责任印制：邱　莉　　王光兴

出版：长江出版传媒　长江文艺出版社

地址：武汉市雄楚大街 268 号　　　　邮编：430070
发行：长江文艺出版社
http://www.cjlap.com
印刷：湖北新华印务有限公司

开本：880 毫米×1230 毫米　　　　1/32　　印张：14
版次：2023 年 7 月第 1 版　　　　　2023 年 7 月第 1 次印刷
行数：10319 行

定价：58.00 元

寧地青松龍尾乾

坤噴薄有飯鍾老僧

洞引看碑石頂屑還鑱

景太年

明王鐸詩癸卯海林書之

哪有花神情亨出道

将心既入凡尘眼霜卧

雪乘风至一树骆黄莺光

扬春

清风诗癸卯春海林书之

詹海林书法作品

珠江畔
壬寅海林

詹海林国画作品

山中無俗韵
壬辰海林畫

詹海林国画作品※

我的文学缘（代自序）

回忆过往岁月，假如我不是和文学书籍结下了不解之缘，今天我的命运将完全不同。因此，在这里跟读者们分享我与文学的故事。

一、爷爷是我的文学启蒙老师

我是六十年代末生人，小时候的我，最喜欢的就是看连环画。小伙伴们彼此交换来看，那个时候，我就是最积极的交换者，交换回来的书，有些字不认得，那么到了夜晚，就请爷爷读给我听。爷爷读过几年私塾。听书的听众可不止我一个，我奶奶经常边做针线活，边听爷爷解说连环画，说到精彩的地方，大家一起笑。说到悲惨的故事，大家都不说话。

爷爷有一个老花眼镜，眼镜的一条腿断了，用绳子代替，戴眼镜的时候，把绳子绑在另一只耳朵上。没办法，那时家里穷啊，爷爷舍不得买新眼镜。

就这样，他依然津津有味地给我们讲书。

我借了很多红色故事连环画，像《闪闪的红星》《南征北战》《怒涛》等等，通过爷爷的阅读讲解开阔了视野。

除了连环画，爷爷还是我的诗词启蒙老师。爷爷年轻时去远方做苦力，我们乡下叫作"担高陂"，就是每天走几十公里山路，从饶平饶北山区把土特产挑到大埔县的高陂镇去卖，换回生活必需品。山路边有一座凉亭，爷爷累得走不动了，就把担子放下，到凉亭歇脚。凉亭的墙壁上有落魄文人写的一首诗，叫作《八胡山》："人人说到胡山远，入到胡山八个山。山外青山路路弯，深山流水响潺潺。高山百鸟哀哀叫，路上行人万事关。劝君莫作穷途客，孤寒寒苦寂山间。"诗意凄凉，很是动人。爷爷看了很有感触，就把整首诗记在心中，还不时吟哦，消除路上的寂寞。爷爷生病的日子，我去看望他，爷爷就把这首诗写下来送给我。

多年前我写过一篇散文，叫作《我的祖父》。发表在《河源日报》文艺副刊上，讲的就是爷爷这些事。

二、二叔和三叔，是我成为作家的引路人

在我家土楼旁边，有一排低矮的土瓦房，其中一间是我三叔睡觉的房子。里面有一个大书柜，是我七十年代高中毕业、后来去了海南岛当知青的二

叔的。书柜里堆满了二叔的课本，还有一些课外书，其中有《青春之歌》《野火春风斗古城》《高玉宝》等红色书籍。

三叔是个小说迷。他在陶瓷厂上班，柜里的书不够他读，他就经常找人借小说回来读。

我常常跑去三叔的房子看书，有时，还经趁三叔不注意偷他书看。后来这事被三叔知道了，他很生气，上班时就把房子上锁，这样我就拿不到小说了。

没有小说看，我像热锅上的蚂蚁，围着房前屋后转，后来终于发现了三叔的破绽。三叔上班从不关后窗。后窗窗台很宽，可以坐一个人，我攀上后窗，发现三叔看的小说多数时候放在床头。那段时间他在看《三国演义》。我灵机一动，找来一把耙山草的竹草耙，草耙齿内弯，有点像猪八戒的武器。我把草耙伸进去，再用一根细竹竿将书划到草耙上，平稳端出，这样就成功把书拿到手了。为了不让三叔发现我偷书，每当傍晚三叔回来睡觉之前，我准时把书扔回床上。只有一次例外，因为贪看《薛丁山征西》，夜晚不舍得还给三叔，第二天被三叔赏了几个"凿头勾"（客家话打人的意思）。后来三叔有意识关了窗户，我只好望窗兴叹。

读了许多有趣的小说，对学业还是有用的。那时小学三年级的课本有一篇课文叫作《半夜鸡叫》，写的是地主周扒皮半夜学鸡叫赶长工们上田地干活的故事。语文老师布置作业叫写一篇读后感，我洋洋洒洒写了五百字，老师看了大为吃惊，板着脸问我从哪里抄的，我说我自己写的，老师不相信，我就把《高玉宝》这本书的其他情节讲给老师听。语文老师不得不竖起大拇指。

三、爸爸"撕书"，成为我一生难以忘记的记忆

有天清晨，我打扫屋子的卫生，还没扫完，就在爸爸睡觉的房间里看繁体字的《说岳全传》，爸爸看到了，从床上跳了起来，一手抢了我的书，然后撕得粉碎，扔到地上。他疯狂的举动，吓坏了我。我心疼书，眼泪如雨般不停地流，却不敢哭出声来，待到样子凶狠可怕的爸爸又回去床上睡觉了，我才弯腰把满地的纸片捡了起来，拿到柴棚里，含着眼泪一页一页地粘贴，这个浩繁的工程我一共干了半个多月，才把书重新粘好，可是许多缺页再也无法复原。爸爸是村里的党支部书记，也许，他以为我看的书是"坏书"吧，要不怎会把我的书撕掉了？这个伴随我一生的疑问，我从不要求爸爸解释，也许有些事过去了就算了。如今他已不在人世。

四、十五岁拥有自己的"书柜"

我真正拥有自己的小书柜，是在我十五岁读初中那年。因为家庭困难，我休学了半年，去了一个粮食加工厂打工，用赚下的零用钱，骑着十几公里

自行车，去饶平老县城的新华书店，购买了《古文观止》《欧洲中短篇小说集》《1978年中国优秀短篇小说集》《席慕蓉诗集》等书。英国作家高尔斯华绥的中篇小说《苹果树》，描写了一个在英国乡村种苹果树的少女和一个年轻小伙的故事。有一天，少女遇到了从城里下来游玩的年轻小伙，他们迅速坠入爱河，在苹果树林子里拥抱、亲吻，度过了美好的一天。可是年轻人离开后，有了新欢，很快就把农村少女忘掉了，而女孩念念不忘，为了寻找他，费尽周折坐车到城里寻找小伙子。可是那个小伙子坐在马车上，明明看到了女孩，却不敢下车见她，因为他结婚了。少女的痴情，浪荡青年的无情，揭示了人性的丑恶。故事凄美，十分感人，给我留下深刻的印象。多年来，我的写作或多或少受到高尔斯华绥的影响，这本《欧洲中短篇小说集》也一直陪伴着我。后来，我外出广州工作，家里的书因历经几次搬家，遗失了不少，这对于爱书的我来说无疑是一大憾事。为了续梦，我到旧书网寻找，又找到了这本书。马上下单购买，计划再看一遍。

五、成为作家

自2005年在《威海晚报》副刊发表第一首诗歌《我的茅屋面向太阳》开始，至今共有两千多篇作品发表在《诗刊》《作品》《羊城晚报》《诗歌月刊》《散文选刊》《诗选刊》《诗林》《粤海散文》《广州文艺》

《中国诗歌》《中华诗词》《中华辞赋》《黄河文学》等报刊上，有作品入选《2008中国诗歌年选》《2014中国网络诗歌年选》等，并多次获奖。出版散文集《破碎的水滴》、诗集《我的茅屋面向太阳》《并非现实》、长篇小说《夕阳东下》等六部。被中国诗歌网评为诗词人物，获《中国诗歌》"2020年度诗人"。

在文学创作的征途上，我遇到了许多贵人，感恩他们在文学道路上对我的关照。感谢广东省作家协会原副主席、散文家杨羽仪，为我的第一本散文集《情寄金秋》作序，并推荐我的散文《秋色满山》在《粤海散文》发表；感谢花城出版社原副社长杨光治，为我的第一本诗集《我的茅屋面向太阳》作序；感谢中国诗歌学会会长、广东省作家协会原专职副主席、诗人杨克，介绍我加入中国作家协会，并介绍我认识了著名诗人叶延滨、《诗刊》原主编李小雨等前辈；感谢老乡谢镇泽老师，在他的引荐下，我有幸到机场为《诗刊》原副主编刘湛秋、作家麦琪接机，并与他们结下深厚的文学情缘；感谢杨克老师和省作家协会原专职副主席张建渝老师，经他们推荐，我参加了省作家协会组办的"梅州采风""南雄采风""云南普洱采风"等活动，认识了郭小东、伊始、黄国钦等文学前辈并得到了他们的教诲……

2020年，我的长篇小说《夕阳东下》得以出版。该书围绕我的故乡饶平县北部山区展开，记述了70年代到90年代发生在饶平县的故事。该书出版之后，得到读者的较高评价。汕头市政协常委柳明，诗人、饶平县人民医院原党支部书记、院长刘西元，警察诗人坤霆均为本书撰写了评论。

我于 2005 年加入广州市作家协会，2007 年加入广东省作家协会，2010 年加入中国作家协会，2016 年加入中国诗歌学会，2017 年加入中华诗词学会，2018 年被广州市青年作家协会诗歌委员会聘为特邀委员。对文学的热爱还引发了我对书画的兴趣，2014 年加入广州市美术家协会。

现在，除了偶尔给纸刊投稿外，微信和"江山文学网"成为我发表诗歌的园地。我就是那辛勤的农夫，为了收获乐此不疲。余生有文学和书画的陪伴，何来寂寞！

目 录

第一辑·番禺云起时

第二辑·颠倒的春色

第三辑·身边的河流

第四辑·疼痛的石头

第五辑·梦幻的雨滴

第六辑·逆旅咏叹调

番　禺
云起时

番禺云起时

河涌交叉的热土
古代的读书人，把船只装满了梦想
去寻找一个个叫长安、东京、临安
南京或直隶的帝都
总有一片月是属于春风得意的人
番禺城的烟火，白云山知道
莲花山也知道，只不过
它和一条时代的河流日夜相依
丝绸之路的大帆，鼓着大洋的风
把异域的风月和美酒卸下扶胥古渡
诗人们相邀去浴日亭醉卧秋风

没有一朵云不是历史的化身
大潮涌珠江时，古渡口让位给了长桥
荷花池让位给了大学城和高铁站
巴山夜雨的相思不再是遥不可及的梦
谁把谁的浪漫，轻易地
托付给沙湾古镇的幽深小巷
有人寻到一处安静酒家，洗去满身风尘
只为了明天听到飘色的锣鼓声

请原谅我一向不爱热闹，独爱
大夫山和青萝峰梅雨季节戴上的云帽
前者大夫陆贾的马车从南越王宫里出来
他经过夫山小路时，为满道的落花沉默
后者是天山诗社的茅屋，檐下雨帘
把谁的寂寞关在斗室之中

那肯定不是我，我的脚步声遍及
先锋古巷外面的鱼市，大岭村的红石桥头
渡头酒坊的载酒舟，屈大均墓园的萧萧竹林
还有观龙岛的月光下，风吹芦苇的节拍
我把诗心献给五月的龙舟和石榴籽
这是个诗歌诗词的故乡，摸不着、看不见
却在云朵的胸中，敢和天空试比高

如今我沉醉于风的季节，书写宝墨园的红荔
情愿为园外紫泥村的诗人张采庵立碑
情愿去看一座老园子，夏天的蝉鸣
从清朝道光年间来了就世代相传、生生不息
有一个深柳堂，听雨不分时间，都是情怀
都是我满满的回忆，都是飘飘不散的云朵

大 吉 番 禺

一块沾满东汉人汗水的陶砖
忍不住漫漫的长夜，它跑出来了
在番禺的荷花池畔，它像一只自由的山羊
笨拙，可爱，有点调皮
它看到的秋天，长满了高楼
汽车把漫山遍野的山羊野兔都赶走了
也把那个时代简单而基本的欢乐都赶走了
那个时候，它知不知道我和我的诗歌呢
我就住在它的附近，制造艰辛的生活
我喜欢漫山遍野这个词，无论野草或小花
都温柔得让我心疼，我毫不掩饰
对一个远去时光的崇拜，那么好的时光
没有网络，没有高楼，没有人心里的那堵墙
只有简单的幸福，像一袋野柿子
挂在制砖人的作坊里，触手可及

沙湾古镇

这是一所温柔的古镇，那时的风，那时的人
都很温柔。我在一座塔上跟你说过的话
都被黄昏的鸟鸣收起了，我大约还记得一些
我该不该告诉远方的你？今夜的月亮戴了帽子
灯光有些朦胧，停车场的落花
总有一些隐藏不住的哀伤，如同别离的心酸
看着身边的岁月，跑得比野兔还快
我已经不敢独自跑到荷花池边，写一组浸满泪水的绝句
只道是繁花易落，流云易散
明天还会有一曲《梦柳堂》穿过民国的空气
绵延而来。而一个熟悉的影子
是不是还在琵琶声里说相思

在 番 禺

这儿是一个巨大的磁铁
你在远方自然不知道
我的心是一块铁
我舍不得离开这里
没有什么原因，平淡的生活
只有想象是风
会越过遥远的距离
去寻找一首清澈的诗
我会有一些约会，去看云雾和山谷
在大夫山的森林里
遇到认识我能唱歌的鸟儿

珠 江

你的波光在思想的潮汐里起伏
你把南越王载走了
你把清总督载走了
在白云山上开个玩笑
把万庆良也载走了

我爱上一座叫宝珠岗的山
它在你的涛声里葱茏着
山上的竹林陪伴着一个叫屈大均的灵魂
泥土里埋藏着他的有韵之诗
缘分到了
你可以听到他的吟咏

有一座叫大学的城
把我田园风光的小谷围挤占了
我到哪里去寻找桃花源，鸡犬不再相闻
南汉皇帝的狩猎场在哪里
奔驰的马，差一点撞到钢筋水泥的墙上

关于你，我有太多的爱与不爱
春风多情，却吹落了桃花
古渡把丝绸都扔海上了
还有谁的三两只巨舶
睡在千年前的江底，收藏不朽的瓷
任凭莲花山的灯塔千呼万唤也不醒

沙湾飘色

我发信息给你，飘色了
整个古镇都溢满了鼓声锣声
我就站在你去过的八百年清水井旁
没有井水，没有落叶
木棉花掉下来，只砸扁一只蚂蚁
我和你坐过的开轩，还好
没有大雨，只有小小的风吹过
人群像一片麦浪，色板像一片麦浪
我像一片等待你的芭蕉叶
然后，队伍都散了
西门的池塘边，只剩下北帝庙
剩下昨日的夕阳和细雨
细雨敲打在池水上，小荷叶
是一把把平铺的琵琶

三月去沙湾看飘色

丁酉年我站在古巷里
看飘色，人群的欢笑像石头扔过来
砸中我，有点疼痛
这个盛产奶牛皇后的地方，也长芭蕉
摘一片归去，连同一滴水
那是北帝爷的恩赐
得此流年大吉，风调雨顺
内心的庄稼要比从前茂盛

戊戌年我又来了
天气寒热无常
可是我怎敢怨恨天空呢
青萝嶂也有无奈的时候
一腔愁绪挥之不去
它的山影落在留耕堂的屋脊上
一只鸟飞走了
它没有看完巡游的队伍
锣鼓声太响
一千年的灰尘正一寸寸掉落

我在念想西门外一口荷塘的爱情
鱼忠于池水，池水却浅了
想要团聚的时光总是匆忙
一转眼，池畔柳色又青青
三月逝去的缘分
可否在一首悲伤的歌里重新找回

番禺地铁

当汽车成了累赘的同义词
我就去和地铁亲近
这个满脸愁眉的哥们
已经在衣襟上写满悲伤的传说
从市桥站到珠江新城
起初看到的是稀疏的木头
最后是豆苗，也像牙签
我在一个角落里等待春天
春天站在地铁口里
我跨出地面的一瞬
和春风撞个满怀

小谷围

记得草那时还很绿，从叶茎到深入沃土里的籽
记得岛上十字架似的路以及路畔
清明时节的火烧山，飘起的狼烟和云接吻
北亭或南亭哪个村农家乐的饭菜好吃，其实
都不及贝岗村扶桑花的热情。她们带我去长洲岛
见到很多军人，以及一座餐厅午后楚人的歌舞
南汉皇帝和黄埔军校，都是华夏惊人的大手笔
只隔着一条小小的河流。自从过了那座桥
我就沉醉了，也许是岛上的风酿了酒
吹一吹，就不胜酒力，我梦中见到了桃花
甚至比桃花更清雅的梨花，这是后话

上天把一座岛的因缘赐我，对我不薄
因此喜欢去看码头，船只从岸上开出去
像打开远方天空的钥匙。画家关良是这样
古老的关氏宗祠，月光总是斜照
背井离乡的梦魂。一口井水，我代饮了几滴
所以注定我也拥有一个画魂。
自从 2002 年春天的第一场雨

小谷围岛就变成了大学城，一座孤城的花朵
开得，比任何一个日子灿烂，秋天的大雁
来来去去，比任何时候都更热闹

我不该做了城里的弄箫客，把几分凄凉
吹得，南雁北飞，柳絮无依，花落满地
吹得，自己泪湿青衫，心意凄惶

大学城的落花

记不住南汉石人翁仲
和皇家狩猎场张皇的狐狸
记不住珠江夜月和孤舟夜泊的冷清
此地不是寒山寺，没有钟声到客船
可是记不住一座岛上的初相遇，有些遗憾
更遗憾的还是华师大的落花
那年冬天的雨，像任性的孩子
一林子的紫荆花，好不容易聚了一大群的蝴蝶
一场又一场的雨，都给赶走了
满地泥涂，都是花朵粉红色的血泪
许多人经过，看了一眼，也就算了
有个背影，站了许久，惆怅了许久
独自消失在黄昏的林子里
仿佛从不曾来过
仿佛就是一朵落花
若干年后，我想着那个场景，有些心痛
有些期待，但始终，无法相见

市 桥 长 堤 路

—

与一条流经城市的河流相比
长堤路更能代表一座城市
长堤路上的鸡蛋花是城市的居民
它的花朵持续很久，在市桥河漂流的时候
鱼群和小舟都知道这是一种无言的悲欢
而石榴花是这座城市的新娘，她只代表五月
她鲜艳的大红衣裳，比婚庆的礼服都引人注目
她生逢盛世，端午节的赛龙舟锣鼓
一半纪念屈原，一半为她
麻雀们喜欢这一天万人空巷的热闹
甚至比秋天稻谷成熟的日子还要兴奋
兴奋没有什么价值衡量，喜欢就好，愿意就好
所有的花朵都不会长久，所有的生命都有局限
所有的爱情无非是缘来缘去的宿缘
无论你是一个多么挑剔的评论者
躲不过岁月的宠爱、冷淡、抛弃

二

撇开这些花朵，长堤路其实是城市的史书
想象一下古代也未尝不可
秦淮风月不仅仅属于烟花江南
这里也可以拥有花好月圆
画船的脂粉香气曾经熏晕了几多
赴京赶考的士子，落魄多才的书生
屈大均、张维屏、黎遂球或居氏兄弟
他们的诗词华章和丹青妙笔
沾了几分脂粉气又如何
濡湿了绵绵春雨又如何
他们的脚印在长堤路上被时光的芦花扫帚抹掉又如何

三

如果我是长堤路上一只没有名字的青鸟
我一定会在清晨啼唱一座城市的风骨
跟你说一说这条河流永不消失的南越族、疍民和客族
四千年前的河水，用想象的落日就可以看到

浪里飞舟其实就是木筏，那披着兽皮猎鱼的人
没有文字记录他们朴素的爱情和勇气
但是河流知道，河流就是一座永不磨灭的碑刻
记住以船为家的疍民，只要台风不那么凶残
他们的船篷总能漏进一点点丽日蓝天
如果船只不慎在夹竹桃或相思树下醉眠了
天明身上一定盖满红红黄黄的落花
记住来自北方的移民，从珠玑古巷
像北方的风一样吹来
把所有的辛酸困顿和南方的水煎服
从此故乡就是他乡
记住大王变换的旗帜
长堤路总在更换自己的衣裳
只有内心是不变的，有些事不能勉强
哭完了，抹干眼泪就好。跌倒了
站起来就好。可那么多的树，倒了却没站起来
鱼群渐渐少了，和我曾经相识的那条鱼
游走了就不知道去了哪里
我抬头仰望天空的时候，适逢春天，雨水淅沥
所以有点多愁善感

市桥河

红日西斜，市桥河的色彩无比明丽
锣鼓声把五月的龙舟都叫到河里去了
也把我叫到河边去了
河水要比平日满出许多
鱼可以借这个机会，看到更远的高楼
在挤占城郊的绿地
生存困难，不仅仅是水族的困难
也是小鸟的困难，终于有一天
听鸟声也是奢侈
那些挤占草木和小鸟家园的人
并不是可恨的人，为了房子
他们身后的欠债，就像绑住时光的绳子
从年轻到老迈，还不一定能解开
历经沧桑的市桥河
无力去解释生命的流水
为什么从西到东，流个不停
也无法解释，凤凰花为什么像火
却烧不掉生存的压力

锅耳屋

我有意或无意地经过
身后的野草突然长了老高
那只恋花的蝴蝶是锅耳屋最后的留守者
阴冷的风，把神台前的霉气吹出来
也许，角落有一只蟋蟀捂住了鼻子
我只是张望了一眼它经年的沧桑
天空就有点黑了
过去和现在的人都累了
关于一座房子的辉煌或曲折
要不要让一部聊斋来考究
当历史的天井长满了青苔
很适合一些偷情的麻雀
两情相悦，缱绻一个
赤日炎炎的下午

趟栊门

谁把谁关在里面
小吊兰和它白色的花
得到了一点点春天又被春天抛弃
自由来往的只有闲得无聊的风
我还是停下来吧
看着里面的故事，像墙灰
一片片剥落。如果我把自己关在里面
我一定会把笑声像拧开的收音机
送给墙外的花朵和燕子
我一定会在某个特定的时刻
看看巷子里，月光落了没有
月亮姑娘会不会因为一个
没有实现的约会，脸色苍白

青石巷

走过青石巷的时候

我的脚步是优雅的，像一个小小的

鼓槌，敲击着一面鼓

小麻雀孤独无依的梦

抬头看看一条狭长的天空就会变得精彩

关于那些星星的传说，我要不要跟你说说

其实，不说更好，月亮总会

在你等待的目光中经过

那是一只买了船票也坐不上的船

你还是过好自己的日子

多爱墙头上的花

偶然在远客到来的日子

拧亮黄昏的灯火

喝几杯淡酒，写几首小诗

八角井

小巷转角处
你和我的内心一样冷清寂寞
谁还在意你的孤独呢
只有我偶然去和你说话
去看井壁上的草
又长了几分
去看不幸落在井底的青蛙
至今还被人嘲笑
如果不是井水都不敢喝了
青蛙也没有机会像陶渊明一样
找到这么一个桃花源
我说不出对八角井是什么样的一股心情
雨连绵而下的时候
仿佛这是最动听的琴声

屈大均衣冠冢

我不介意
带你去瞻仰一座墓
但只是用诗歌安葬的墓
阴气不会太盛
墓畔的八道泉会洗去
你的疲倦和尘心
但洗不去惆怅

一个人本来不传奇
改朝换代的事儿遇上了
出了家又还了俗
娶了四个美人，其中一个是女侠
宝珠岗经过的强人
也就刮目相看
皇上派人杀了他的孙子
想把诗歌都毁了
结果诗歌像一片野草
绿了江南江北，又河南河北
我捧读黄卷的时候
缠住我歌唱的青鸟

从珠江飞去了西江
天空的白袷衣如何抵挡冬天的凉
我烧起篝火
从此黑夜沉沉

我想着
他在离我不远的土地上沉睡
偶尔可以过去
默默相对，不说半粒字
然后和竹子道别
看江上一叶舟
出没时光的风波里

聆听星海

一个音乐人的名字，把番禺叫作故里
一个名声很响的地方，名字叫作延安
你就在那里，用钢笔谱写了
一支和中华母亲河相关的曲子
从此啊，这曲子就流进了我的梦乡
我曾在珠江口，去看漫天的风雨和江里
烟水迷蒙的小舟，我不知道
哪一只曾经载着你的哭声，把雷声都盖过了
我从来都没有见过真实的你
你是一个神话。你的女儿冼妮娜，血管里
流淌着你的热血，以及一个中国的声音
当她亲手给我签名，仿佛看到了你的灵魂
不经意间回到故乡，这里鱼米丰盈
阳光饱满，荷花从不疲倦
为一个夏天又一个夏天，奉献粉红
而我体会到所有的时光，都有一支曲子陪伴一生
只有你的那支，精彩绝伦

第二辑

颠倒的
春色

春 风

春风是岁月昨晚点燃的一堆麻药
从黑暗中醒来
大地依旧是一张黑色的纸
我沉静地用想象的刷子
涂抹田野上的颜色，金黄或粉红
发现你只是春天子宫里逃跑的一朵花
突然从田野里冒了出来
可怜我没有预见明天
所以看不清你的颜色

春夜

无论葵花如何一脸灿烂
你的酒桶硕大如斗
我能嗅出太平洋海水的味道
偷酒的水手，你的毡帽
戴在哪条鱼的头上？谁可以跟我
隔窗私语？在四点钟的星光下
我比一条船孤独

春 雨

你一个粉嫩的小姑娘
总想蜷缩起小小身躯
到我的画幅里睡觉
我现在好忙，没法抱着你
但我可以请你到一座茅屋里听琴
看着你长成水灵灵的少女
然后携手桃花梨花的林中
任你的笑声和落花
洒湿我的青衫

春 约

我要用只有你读懂的文字
和你签下关于土地和悬崖的契约
我将开启柴扉
把一座蛛网和灰尘的村庄
献给你和忧伤的春天
我会在一块石头上
遥望人心里的地藏王菩萨
让油菜花像地底的石油
把你的鞋子淹没
把陌生夹在日子的线缝里
像夹一只忙碌的虫子

颠倒的春色

一滴水带走了，多少，前尘往事
许多花开的记忆，在我的心中怒放
河堤上的风，并不总是清凉地吹过
偶然捕捉到一缕清愁

在那个我没有标出准确词义的日子
满棚橙色的凌霄花
娇慵地垂下来，刚好触及我的嘴唇
我信守铁的诺言
从未有过一点非分之想
一切都如君子的行止。洁白如玉
反复在池塘里绽露着让人心颤的风姿
我没有俯下身子，为一朵陌生的花朵折腰

我为漂在水面上的落花伤感
用一首带病的诗行
为落花送葬，直到整个似春非春的物候忽然消失
记得那时，有风，有雨，有夜晚的闪电
有岛上，那些并不凌乱的春色

为桃花感冒

大红的粉红的雪白的

都是眼睫毛长长的桃花啊

和春风私奔的桃花

在山谷里独自开放的桃花

在笑声中黯然凋落的桃花

来我的诗中和我共眠的桃花

我梦醒后却常常感冒

为桃花感冒，为一个不属于自己的春天

感冒。但春天毕竟只有一季

桃花也只有一季

为春天感冒，不用吃药，到了夏天

我的病情会不会突然痊愈

我一无所知

三 月

雨水像我的前生

多情而喑哑

在桃花飘落的屋檐下

我用诗歌锻造一个桃色的鱼缸

盛载雨水

我不知道两条用唇语相爱的鱼

为什么要惧怕春天，然后

各奔东西

留在鱼缸里的思念

潮湿而仓皇

我已经羞怯与艳丽的春天打个照面

如果有一道裂缝出逃

我要做三月的一粒种子

长成一棵蒲公英

然后去远方的青山

做一株孤独而悲伤的野草

还是三月

三月的水，是桃花的水
三月的风，是多情的风
三月的帽子，是簪花的帽子
有的地方
桃花嫁给东风了
有的地方，油菜花还黄着
像我思念的眠床
我只想在春雨的怀抱里睡一觉
然后心安理得，做一条孤独而悲伤的鱼
但三月的阴谋密不透风
我可以避开二月的鱼竿，却不能逃过三月的渔网
所以，我将选择这个月份
把自己不小心丢掉

青 花 酒 壶

在春天
我是一个空空的青花酒壶
我走出空空的茅屋
到陌上读雨，看花，观云，听风，烧香，求佛
我只想把明月和花香
把千年的箜篌和一双纤手
装到壶里
我要乘坐一只抵达明天的轻舟
去寻找那一株开花的优昙树
挂满我不羁的依恋
如果不慎相遇
请你不要品尝我壶里的苦酒
它和春愁无关

禾雀花

三番五次

去驱赶那一树树麻雀

你飞不走，你是一丛丛花

你定格在春天

和我的爱恋，有点早

和一座禅院结缘

有些迷离

我喜欢你轻轻舒展的腰身

却无权揭开那一层薄纱

那一定是迷人的春色，足够我一年的相思

我喜欢你，像喜欢我的眼睛

不许沾上半点俗世的尘灰

不可以朝朝暮暮

但可以，一起走过

细雨绵绵的春天

桃 花

我想说的桃花
在一颗不羁的心里开放
说不定读诗的你
也有一棵桃花
种在你的眼睛里
不远千里
我想越过时空的限制
去读你的眼睛
可是这仅仅是想象
我撩动一把三月的琴弦
呼唤你的桃花
设想无数个关于桃花的画面
如花枝乱颤，桃花带雨
都是娇媚动人的花色
让我隔着空气
独自沉醉了一回

清 明

传说的雨没有过来

鸟鸣像一把锯子

要锯掉春天粗糙的那一截

忽然想起从前的那天

集子炊烟四起

糯米软饼喂养祖先也喂养弱不禁风的爱情

记得走过宫粉紫荆的山径

那一地的飘零盖不住心灵深处的叹息

注定缘分不到的村庄

永远长不出属于这个春天的茵茵青草

我糅合了太多不堪回首的情节

只适宜化作纸钱

祭奠所有失去的时光

春 天 的 故 事

趁温润的春雨

趁春色被一个池塘关住

到小城去吧

大街上，五月的石榴花还在等待

去年那个花开如火的日子

再之前，我就不记得了

仙鹤的出现是在一座拱桥之前

而一只画船，把我的诗歌带到前世今生

关于那一场粉红的桃花

起初是一场革命，之后是一场伤悲

桃色倾城，只许我千日缠绵、半生悲伤

山廓暗淡

雨水在午后的时光

化作一剂毒药，我心甘情愿服下

让刻骨的相思，夜夜断肠

呓 语

有名无实

春天是一块膏腴

花香让我决心和所有的飞鸟决绝

梦入春风，却不可以独自沉醉

在一块土地上

青青麦苗不再生长，我和月光分享一首小曲

四面透风，没有谁愿意在茅屋里

陪我待到另一个春天，诗歌像砖头

砌了一堵墙，分隔了南北

我用北边的一面绘画，南边的一面

留给雨水弹琴

我坐在宇宙的天井中

旋转的气流从银河上落下，趁没人看见

我闪进小巷，摘了一朵，又一朵残花

我整夜失眠，在虚拟的河滩上

捡了一堆黑色的方块字

鸟 语

鸟儿不知道
我昨晚很晚才睡，真忍心把我从一个
桃花渡唤回来
本来我是要上船的
我要去寻找一朵桃花
枕着桃花的柔软
和春天说声再见
它不知道，或者装作不知道
清明过后
桃花就要零落了
流经我情怀的桃花水
就会改道而行
可是我又怎样忍心责备小鸟呢
它或许正从桃花林过来
翅膀沾满了桃花悲伤的颜色
它只想让我知道
一场春梦有多可怕
桃花已不是
那年的桃花

雨 夜 之 书

在雨夜我是一本雨中打开的书
我失去棱角分明的字粒
躺在春天的怀里，枕着落花睡眠
再也回不去没有雨水的日子
我思念海子，他在这个夜晚
乘着火车从山海关出发
去更远的地方种植忧伤的葵花，种植破落的村庄和麦子
他双手举着鸟窝，把风筝的线丢给鸟嘴
他在落满晚霞的树桠上
久久张望，天空里一只乌鸦在飞

雨中我是唯一记录海子的书本
字迹模糊，沟壑纵横
像大地满脸的皱纹

致海子

3月26日，雨夜

天空记住了你，为你流泪

我本想也为你流泪，可是去年之前泪流干了

所以，我默默翻开微信里读你的诗卷

去看你的四姐妹、亚洲铜，看你劈柴、喂马

看你翠绿的麦地

你不知道，好多人惋惜你，也羡慕你

当年崇拜你的人

他们被岁月粗糙的大手牵着

走过了春天和夏天，来到了秋天和冬天

只有你，诗歌像一只

善解人意的精灵，把你

埋在春天里。桃花盛开的春天，春雨淋漓的春天

泉水满山奔跑的春天

姑娘在山路独行的春天

你是不是还在地底下写诗

你可不可以，把诗歌献给乙未年的桃花

献给王和麦子

献给哀伤的村庄和鹅蛋石

献给，我心内满地凄凉的落花

春 心

夜晚被煮成一锅黑糊糊的粥

你说，一片春心从锅里捞起来后

还能像风中的杨柳吗

在寂静中追求禅定的日子

到了春天就应该放下

清晨听鸟儿的歌，傍晚去一道篱笆前

和牵牛花说上几句

大家都有点困倦了

不是每一个叫作春天的节令都那么诱人

激情的露珠总会干枯

最近的小路，却可以比千里之外更外

寂寞春心云知道啊，二月有花，三月有雨

四月飘来一朵云

而时光如赶脚

旷野收到了春的消息，天空收到了风筝的问候

我空荡荡的心，是不是

收到了落花要去看流水的留言

春 夜

春弄了一个柴火煮饭，黑了
就变成春夜了
世上太多无情
只有夜晚可以拥有一个
温暖的感觉
在春天
一滴雨水如何能让生命鲜活起来
那些隐藏很深的情怀
都已成为枯萎的花朵
我会为往事回味
往事却跑得无影无踪
最后的结局，我依然是那片
在花树下彷徨的落叶
只有一片月光
透过沧桑的缝隙
与我默默相偎片刻

春 情

多少繁花过后
春情寂寞而伤感
隔一道月牙门
园里的春风都跑走了
剩下一只多情的斑纹蝶
背着沉重的行李
苦苦寻觅被日历撕掉的昨天
我不是蝴蝶，不进去那扇门
与我无缘的春天
我不该在它的背影徘徊
雨水如果有情，就让雨滴
落到小池去
如果池里的春天老了
初夏会接着生长
五月的凌霄花，会美丽一朵洁白的云彩
我见过它，在一座岛上
两年前那里变成一块荒地
我曾经希望那不是一块春天的荒地
凌霄花继续开着天荒地老的微笑
然而它依然是一块荒地

暮春的雨

雨在我的睡梦中，悄悄叩门
它和我倚门相告，关于春天
我跋涉过的蹊径，落花，都如一群失语的故交
自然的力量，在人心里绕了一圈
世上再也没有牵挂

雨把屋瓦都敲疼了
我拿什么安慰屋瓦，蝴蝶都找不到花了
九州的梯田一直荒着，从脚跟荒芜到头颅
仅仅剩下的邻家小羊，它
呼唤青草的声音，比我高
我执意寻找一条江南的烟水路
那里填满了凄凉的琴声
我如果打那里走过
只怕心里会结一层厚厚的冰凌

雨浸泡了我的梦
我的心情很潮湿
坚固的城池，已被雨水腐蚀
我拿什么来固守，这答案
我现在想不到

荒城

在渔夫的宝瓶里，经受一场出逃的瘟疫
杨柳不再袅娜，水井枯燥
我偶然回眸相顾的花朵
她们都是一群仙子，跑到天上去了
如果墙根下还有姹紫嫣红的一片
那一定是她们散落的魂魄
纵然再三祈求，也不能伸手可及

在静夜里怀念城里
那一份乘舟赏月的往事
心情最后的结局，像月色一般惨白
如果把通往城里的一条长路，像绳子般卷起来
扔到屋角里。看着它就会想起
斑驳的岁月，相遇或分离，烟消或云散
所有的浮华，最终是抹不去的
一点墨迹

微 雨 的 午 后

这是一个郁闷的时光
鸟声嘶哑，天空把一朵云扔了
落在一栋房子的头顶
像一顶不会变形的帽子
有人在窗口窥探她的来时路
缀满野花的路，一株灯芯草和两只蝴蝶的黄昏
两情相悦。风过无痕，风是夏天的精灵
风踩着独木桥
对岸有一只孤独的白鹭在哭泣

我但愿云帽落在一座山上
这样符合气候情节，任凭桃花水
从暮春的溪涧出逃
我坚守一座植被茂盛的小园
不懂闲愁，不识春心
一转眼，万千般恩恩怨怨
都埋了黄土

心 窗

我向往暮春的清晨
敞开一扇睡意蒙眬的心窗
她像一个热情的孩子，灌了
我满耳的蛙声鸟声
乍凉还暖的气候，多少的灌木丛老了
又有多少的小草开满了紫色花朵
喧闹的春天，让我无暇悲悯桃花流水
疲惫了，歇一歇
明天过后又是明天，这事实无法改变

或者，早晨也向我打开了一扇心窗
微凉的晨风滑过我光裸的脚板
但我的愿望与窗外的风景有很大差距
我所需要的一树梨花以及江南烟水
并不是一眼可及
我感受了晨光和路上行人
擂鼓一般的脚步声
我丢掉了后者，收藏了前者
安静地与一缕茶香，默默相伴

失 去 的 石 头

在那段粗粝的时光
我眼中的那一袋石头也是粗粝的
它结实而沉重,却被一颗纤细的心捧着
让我的天空突然想下雨
也许是珠江的浪花太急
把情意都卷走了
走了,缘分也就尽了
我现在略微知道它应该留在一条河流的岸边
一堆青草掩盖了真相
我曾经试图驱赶一群牛羊
去把青草吃掉,可是我的努力是白费的
唯一没有失去的,是心里
时浓时淡的惦念

小 动 物

它们没法选择命运
从一层薄薄的蛋壳里
决定弱肉强食的生存
它们从万丈悬崖一跃而下
九死一生，只为远方的沼泽有着
丰美的水草和螺蛳
这一跃惊动了世界
神灵流下了眼泪
这一跃究竟也感动了多少枪眼和罗网
我不知道
但我从此拒绝餐桌上的野味
拒绝把良心
在某一个静夜里被火煎熬

林子大了

也许比我会唱歌的鸟儿多了

我偶然也能和上几句

赞美花儿和溪水

但某些遥远的星星继续那么遥远

我并没有想过是不是

可以将遥远的拉近

我只想趁雨滴没有扬洒的时日

筑好自己的巢穴

为身边的酒肆准备美酒

让那些南来北往的客

把与生俱来的烦恼

一饮而尽

小 孩 儿

我喜欢你的嘴唇

它是生命的吸管

也是表达情感的通道

我猜想你的一生会有多少的精彩

让日月感到欣慰

我喜欢你的眼睛

这是一扇窗户

你看到了世界，世界也看你

某个早晨的阳光，那是世界温热的心

某个夜晚的明月，那是世界的柔情

风是小天使

总在逗你微笑

请你坐着风的翅膀

去游览开满葵花的田野

蝴蝶和小鸟都很忙，但为了迎接你

她们解开煮饭和采蜜的围裙

给你奉献了一场场歌舞

而我在旁边注视你

内心的大海掀开阵阵温柔的浪花

红 灯 笼

阴雨绵绵

腊月的冷很像这个拜金的世道

让我的眼睛郁闷

所以我喜欢某一个热闹的集市

在我头顶旋转的红灯笼

它代表了阳光和神秘的色彩

在某一个聊斋故事里

它是毛笔书写的光明

所以我渴望提着它照耀亲人们的夜路

它得光辉像一把剪刀

在我眼中如同铜墙铁壁的黑暗

脆弱如一张纸，被它咔咔剪掉

所以我坚信提着它，能找到春天

以及春天温暖的太阳

小 情 绪

不喜欢笔记本像一本书
这种伪装很难识破
写字的时候找得费劲
不喜欢小区的车位都齐了
像打崩的牙齿得到修复
那些回乡的车子
带回来亲情乡情
不曾给我半分
不喜欢眼睛进了沙子
一头悲伤的水牛
看不清丰茂的水草
以及涧水边采摘桃花的仙人

梨 花

一树的梨花，多美
一林的梨花，不得了
你是梨花的使者
是一朵梨花
春天给你发了工资
你的铜钿发着阳光的颜色
像皇帝的椅子
你帮梨花做事
梨花帮你做事
等春节还没过，等花儿都在
我要把未来的征程忘记
不要枪，不要手榴弹
不要困难的围追堵截
我只爱梨花
做你裙下的小马儿

新 年

我久盼的日子说来就来了
钟摆每一声滴答都是我久违的心跳
尽管我还在一条弯弯长路上
被吴侬软语牵住了衣角
可是我挥一挥手,抓住了
你送给我的一朵雪花,一滴雨点,一片阳光
以及我钟爱的白兰花香

曾经受伤的鸽子都飞远了
那些写在诗里的誓言失去了粉红的色彩
走过的路,不再鱼水情深
我头顶的大树也枯萎了,不再为我遮住
我咿呀学语之时的风雨
如今我是一棵大树
庇护着我的鸡雏

可是我的身体仍然安放着一颗喜欢麦芽糖的童心
我想在你的草地上奔跑
像一只小鹿;我也想在你的园子里抓住小鸟
然后绑上一枝桃花放飞星空

而那些宠我的人，一个也不曾到山里去
他们微笑，看着我的梦被除夕的灯光
轻柔地涂抹上一层金黄的色彩

春 天

蛰居的日子多过飞行
错过了好多花团锦簇的风景
偶然的思虑，都是琵琶弦上溜走的颤音
埋在土里的，是可有可无的选择
以及未来的苍茫
我是不是还在倾听溪流的声音
哪有那么多的是非，像一部电视剧的情节
搅乱生命的湖泊
所以，我看到了南方的雪
足以竖立一座传奇的碑
我内心温暖，如一壶刚刚从炉上取下的酒
我会善待不再青春的月亮
彼此言语不多，但在通往你的小屋
有一条鸟声如歌的小径
可惜太远，要不我一定去坐坐
说说这个春天的诗意
都在花朵的嘴唇上，闭闭合合

故 里 有 你

你是柔软的被子，被我的眼泪弄湿了
盖着我双亲的骨头，不被鸟声打湿
不被清明的雨欺凌，而且在我离乡的日子
织满春天的繁花
可是你为什么不把一只飞往他乡的蜜蜂织进去呢
不把星星和月光织进去呢

我的哀愁是你肌肤上的青草
只在清明的这一天被镰刀收割，然后晾晒在
荒坡里。我下山的时候
后面有两双眼睛，从墓门之内一直看着我的背影
我好想回头跪下，给他们叩头
可是夕阳的手很有力，推着我
走过小路、小溪、小桥
推着我踏上长途汽车的门
每一次，鞋子沾满了你
怎么洗也洗不掉

郁 金 香

它是向日葵的姐妹

在欧洲平原，梵高的彩笔却厚此薄彼

但他永久躺下的时刻

它不计前嫌，八姐妹都来了

带来八颗眼泪

在阿尔的乡村，旅社的床畔，它点亮了多少个窗口

我一定比乌鸦清楚，比某一个世纪的马车清楚

所以，在风车的故乡，我略带忧郁，却风华正茂

然而，很多鸟儿认识我

尽管多年之后，我记不住所有鸟儿的名字

当我和它再度陌路相逢，已经往事如烟

我的过去

并不遥远，它是我寄出的邮票

一定藏在某些人的抽屉里

请原谅我不一定寄出了绚丽的云彩，可能

是深山里的一滴水珠

多像落花的眼泪

也许微笑，并不都很温暖，但一定很暧昧

如同山谷里蛩的呼喊

也许，我给你的不是一块月亮

不是一个灯盏，仅仅是一只萤火虫

在寂静无人的小路，惹你倾注了所有的相思

我觉得更像一壶苦酒，不堪沉醉黄昏

放几粒青梅杯中

把这过往一饮而尽，从此

它是一个模糊不清的镜头

江边

停泊的木舟，不是累了
是掌舵的人走了
把一份等待洒落水中，谁还知我
曾经意气风发，眼眸里的花朵
都已经沉醉东风
唯独一树梨花，在远方许我满心温柔
本不遥远的长路，再去重拾旧日清欢何等遥遥
要那么多诗意干什么，拍遍栏杆
依旧只有明月略懂我的相思
只是那满山空翠，一定很寂寞
我几时再壮你的行色，横箫一曲
从此江水悠悠，再无牵挂

土 豆

新近的一些日子
我是一枚重新埋入沙土的土豆
我已经厌倦尘世的浮光掠影了
只有平静的黑暗，才可以让我的心歇息
我将在漫长的时光中，总结
桃花凋谢的味道，茅草如何高过房屋
谁在寂寞的夜晚突然消失，留下一地凄凉
谁与我在一座陌生的岛，说过春天的翅膀
飞不过一条波光潋滟的江河
有一些别人正在尝试的烈酒
当年曾令我大醉，却记得
一片月光抚摸过
那个内心悲伤的酒瓶

碎 片

记忆的刀子，锋芒毕露的一瞬
一颗心在流血
我记不住猩红的颜色
让阳光不得不关闭明媚
粉红和蓝，和一只青春的大雁有关
石头和石头彼此陌生
组成一座城的表象
我力图做一些有意义的事情
但东风还是带走了桃花
叶子都躲到墙根去了
我拍累了手掌
远方的渔灯，终于睡着了

麦 粒

我想送你
我十二岁时的麦粒
像微黑的文字，有棱有角
只是不可以安放在枕头下
作一个夜长梦多的悲剧
我不祈求芽儿，绿了我的土地
否则，我就要冬眠了，像一只蚕那么胖
我可以给你的，毕竟有限
但是悲剧不再是悲剧
因为我们都很善良，不想争霸武林
我们向往和平、诗歌、鸽子
向往比花朵华贵的美色，尽管好久了
我看不到属于我的春暖花开

情 节

光影斑驳，牧鹿人走过林子下的小路
地上的人在墙壁上跳舞，祈祷
永不出现的太阳，那些发霉的爱情
永远没有机会沐浴春晖
我也想起我的弓箭，曾装上甜蜜射向你
你一次又一次躲过，却把悲伤委托月光投给我
我对着一座山发呆，云雾缭绕
鸟像一捧散开的墨点
没有一滴，落入你的小溪，在你光滑的足踝停留
鱼的噪音，却一直在
想起那个荷花盛开的夏天，过路的它
一再证明，围城里的你不能夺门而出

悲池鱼

春水漫漫，你刚刚和一朵桃花相遇
说出等了一个春天又一个春天的爱情
你刚刚告别，一个冬季又一个冬季的严寒
冰冷的水，穿过你薄薄的衣裳
你度过了那么多的艰难，只为一个简单的愿望
只要再过五百年，你就可以抵达罗浮
从此羽化成仙，成为墙壁上的神鱼
而一张网让你幻灭
我在一条河流的岸边，观望石头的葬礼
春天的风有点寒冷
想起那么多的人，其实都是一条鱼
从丰盈到枯骨，只是一个顺理成章的过程
可笑蝉一直不知道，一直在春天的背影后面喊叫
直到红叶出现，秋天的额头布满皱纹

太阳最后的颜色

太阳里面的木柴即将烧尽
只留下一堆火红的炭，烘烤
四面透风的茅舍，给寒窑里那些落难的士子或贫妇
送一个温暖的好梦
而我只想抓住机遇，收集夕照的颜色
做成万盏灯笼，挂满
阴间到天堂的小路，让那些善良的灵魂
赶赴西王母瑶池的盛宴
让那些没落的帝国，在荒草里沉睡
第二天却开满了色彩绚丽的花朵
让我过去的情怀，不再像一片片落叶
而是永不枯竭的泉流

窗 口

虚幻的意识又再出现
窗口面朝大江
江水像水彩颜料，变幻无穷魅力
我给自己凌晨的梦，画一排粉红衣裳
个性各异的生命，有我心仪的容颜
我给窗外，画一排斑斓春花
给过路的千帆一点慰藉
只是风太冷了，吹走了
我内心残存的向往
我始终没有抚摸墙角上的诗意
分不清，季节是不是停留在
差强人意的春天

又一年

翻开丙申年的扉页
春晖的光线太强，模糊了字迹
该塞的车，都塞过了
以后让路顺了吧
路边的野花，再也不愿看到春天
和一只乌鸦的悲啼息息相关
接着花都要开了
我向往远方的山岗，瓦屋像一个人坐在半山里
炊烟是山民手指里夹着的香烟
油菜花开得多美，如小小的指甲
指向一朵云舒展的天空
竹子里流出的泉水多美
如西施的眼泪，不小心
滋润了千年的风月

洗 桐

提着一桶明朝的井水
去洗掉桐树上的尘吧
苔藓可以继续生长
虫卵你就免了吧
明朝的佳人走过桐树下
桐花落下一朵
肯定会砸痛了她的相思
以及那半张墨写的诗
只是不带半分情欲
都化作天空里的一片云

原来结茅半隐的日子
朝堂可以相隔很远
市井可以相隔很远
我和你们的生活方式
相隔很远

春 天 的 日 子

我戳开一个泉眼
把桃花的香塞进去
把蚂蚁的辛苦塞进去
把雨水的悲伤塞进去
然后月亮从泉眼里跑出来
抱着一株橄榄树跳舞
我不知道这个春夜有谁没有
枕着千盏星星的灯入眠
我一个人跑去远方
那里是个年轻的门
许多人在那里欢笑着
捡拾野心的松果和子虚乌有的爱情
我只找到了你
溪水里一块平静的小石头

一 面 旗

我突然想起你

飘啊飘

都不知道是那年的风

饱含激昂的情欲和如水的温柔

让你那么兴奋

你很像火

在黑瓦绿树的乡村烧过就没停下来

我看到溪水里的倒影

可以快乐上那么一两回

可是我年老的鱼们都不见了

我的悲伤变得比溪水漫长

现在我依恋另一面旗

它可以让我日日沉醉东风

只是东风有时走错了地方

去了没有梨花桃花的隔墙东

在对着电脑和窗外半截树的春天

我的手里不再沾满春色

但我寻找遥远的鸟鸣，鸟儿们

隔着春天的玻璃门

真像旗子上的星星

池畔梨花

和小雨握个手
然后就和你缱绻了
感谢你不曾拒绝我
在一把并不透明的伞下
我们偷偷窥视各自的内心
那些羞涩的词语
只是诗歌之墙的材料
我回去造一个房子给你
把你的洁白和妩媚请进来
我们以后隔案相望
我把你当作一位汉朝的女子
罗裙宽袖，素颜小手
你抚琴一曲
我端茶凝听
酒就留待来年品吧
我会在你的注视下铺毡相邀
直到你的白发一丝丝
落满我注满沧桑的酒杯

禅堂白禾雀花

年年都去一个地方看你
荒冢累累，白骨累累，春草绿了
前朝悲伤的诗句水洗一般闪亮
乌鸦们盘旋着
听从巫师的指引
一不小心，我不知自己身在哪个朝代
而你灿然而开，在墨笔涂写的藤条上
洁白如玉，让我在一个雨天又一个雨天
到来寻访惊奇、赞叹、伤悲，以及
来自内心大海一般澎湃的抒情
安静下来
佛曲已经代替了寺院的晨钟暮鼓
音符像你们的灵魂
种入我的血液
我们彼此不可分割
在每一个物候重复的春天里
重复我载满柔情的春天

唐 诗

应该有冥蒙的雨
在白杨夹拥的山路上守候
棠梨花从烟雾中走出来
那十分的白
让天上飞过的鸟感到凄冷
纸钱没有焚烧之前
是不是纷飞的蝴蝶
生离死别，人生的欢愉之后
是一条模糊的道路
谁的哭声，让春天的花朵握不住树枝
我如果在那一天溯溪而上
溪流的声音一定令我
终生难忘

山里

打开一扇心灵的窗

就见到山了

硬壳果树吃饱了雨水

在弯斜的石径旁

如一个巨人守候这千年不变的山门

我和许多人上去了

他们跟我友好道别

找一个看见村庄和溪流的墓穴

睡下了

我砍下一片春天的芭蕉叶

包上思念和悲伤，空气和鸟鸣

流浪远方

樟 树 下

我愿意让一树障目
看不到蓝色的天空以及
来来去去的云和飞鸟
但不能拒绝夕阳
他的手很温暖，笑容慈祥厚重
因为他，晚风也很温柔
让我的回忆注满沧桑和浪漫
尽管大家都很忙
已经没有几双脚步和我一同踩着
去冬的落叶，让沙沙沙的声音
化作一首永恒的歌

我将头枕大地
贴近大地跳动的心脏
倾听春天的芽儿顶破泥土的声音
我精心挑选着符合春天的词语
撇掉枯萎、残败、萧索这些冰冷的字粒
赞美樟树下的春日，是一个温润祥和的春日
但我怎么也撇不开
明天的匆忙和不可预知

茵 茵 春 草 畔

我记得和你走过那一片草地
人迹比鸟儿少
寂寞的风去寻找落花
也不知你的镜头捡拾了多少

我依旧沉浸在动感的天空下
羊群从头顶匆匆跑过
船只起了铁锚去了远方
芦苇丛里那些美丽的鱼
或者并不认同一条河的沉静
无缘的，可以游走
有缘的，不妨守着一座山的晨钟暮鼓
慢慢变老

我如果还沉迷在一片叶子里
我就做一只瓢虫
我有轮子，不用小小的翅膀飞翔
但我如果走进你的胸膛里
我宁愿忘记除你之外的世界
让春天整整一个下午的和煦和凉爽将我深埋

我 的 瓦 屋

无论你信与不信
它都在村子的最高处
你爬九十九级台阶
到我家喝茶吧
柴门一敲
唐朝的鸟儿会来迎接你
我们在院子的石桌上品茗
俯视一个又一个朝代
我的邻居会送来新酿的米酒
我今夜宴请所有的同窗
我计划与你们畅谈青春、理想和爱情
然而我等到的
是西边的斜阳和暮归的鸟群

高处

再高的高处
驱车加上走路总能抵达
白云跑出洞穴
好像是村庄举着的白旗
在一口井水边我在等待谁
那些仙女般的女儿纷纷出嫁
我怎能和园子里一朵花拥抱亲吻
所以在一株花树下沉吟了良久
不合逻辑的想象
都被泉流冲走了
而我决心把一生余下的时间留在村子
尽管我很忙
但没有时间和诗歌说声再见
尽管都很虚幻
我却是世上拥有最多幸福的人

雨 夜

暮春的雨，挂着清明的拐杖
在夜半敲疼了我室外的天空
夜里会跳舞的星星都掉光了
被梦惊醒的我要怎样才可以
举起一个注满勇气的灯盏
去寻找童年记忆的老房子
白胡子祖父吟咏的诗句
被哪一个季节的风借走，至今未还
而溪谷里的桃花开开落落
守在桃花身边的你长大了没有
有没有一个突然出现的缘分
共一把雨伞，携手走过潮州城外的护城河
倾听雨水深情的歌唱
近处，是你我再也回不到过去的故乡
是再也见不到在生时温语相对的亲人

一 首 歌

我选择单曲循环

夜色不再灰暗而疲倦

而旋律像一缕缕抓不住的轻烟

隐约出现的是哪一截往事朦胧的幻象

小桥流水流走了温暖和青春

青瓦围楼围住了经年的沧桑

还有谁敲着午夜的月亮

和远山的雾私语秋天的情意

美丽的花朵，从春开到了秋

在冬天和我挥手作别

山坡上，樟树叶掉下了许多泪珠

如晶莹石头，一直留在我内心的盒子里

如今在歌声的推动下，叮咚作响

散发出空旷悠远的余韵

身边的
河 流

雨 中

大楼如一座山
千年古庙把你当椅子坐了
那么鼎盛的香火
只烧红了一朵血色的木棉花
历史依旧那么泛黄
像病中的李白
我只相信一条河流
流过了春天就是夏天

丛 林

我只是误入，被一匹野马
从我关闭的心扉驮走
那么多的野花
开满涧水的嘴唇
我从未摘走半朵
我跟你说我一定会离开
在我认为可以离开的时候

床头灯

你亮的时候，我胸中那条鲨鱼不见了
它吃掉了我的深更
流血的伤口，得用黑色的文字堵上
想那些烦恼的心事，叶子和根
就会错位，夜晚变成了白天
纺织娘变成了萤火虫
而你变成了一片寒霜
让我突然找不到温暖的方向

夏 夜

季节本来可以清凉一些
人心里的痴爱将空气熏得热了
我用一把葵扇
摇走一缕暧昧的风
却怎么也摇不走
你那双盈盈湖水的眼眸
想那些粉色的流年，云来云去
于是在一盏灯下
记录一本关于你的流水账
窗外的月光一直温柔地
看着我写完最后一个字

台 风

听说风要来了
等了一夜，风却跟我失约了
下次还有相聚的时候
只是请把爱情的温度
降到三十一度半

记得送我礼物，鱼和仙人掌
我都不要。送我一袋栀子花吧
我已经腾出拥挤的心房
在一本书上，为你潦草写诗

夏天带来的情感

如果没有夏天
漫长的路就不会那么短
就不会有等待和重叠，不会有
清愁和思念。一杯酒，只有进了肚子
才知道是不是让你备受煎熬的毒药
我们都是天空的流云
挽救不了坠落的飞机和生命
给花朵的许诺，只让主宰命运的风决定
可是云依旧要飘过，三湘或荆楚
也许还有一条河流和一座青山的上空
而在云影下的城市，仲夏是最不理性的孩子
她败了荷花，扔了台风，把你
推上一条飘摇的船只
从此心灵蒙上朦胧的月光
七彩的颜色，是不是从此锁上
你还会不会，在那闷热的夜
填一曲曲新词

凌 晨

我比森林的小鸟还早一刻，醒来
一个村庄的事务，像初夏的雨水
那般扰心，要留住西面
蜂箱里的蜜蜂；要设想东边
建一座高高的望月亭
北池里的荷花，是不是比往年少了
南方的山路上，有没有
一个叫作平安的少年
信步而来

花 开

愿你在石头的缝里
把芽儿伸出来
吮吸时光的乳汁
不要提起和一只蝴蝶的过去
曾经缠绵，好日子
叫作花骨朵。趁你未老
趁你内心还有黑夜送你的
半盏月光。天明的时候
请绽放一朵纯真的温柔

身边的河流

莫说从前，从前
它是铜盆里的一盆水
石榴花用它来洗脸
然后偷偷去见五月的情郎
从前，它是一幅水墨图画
芦花丛里小小的渔船
网住多少清淡鲜美的时光
莫说如今，如今
它是一杯苦涩的酒
我们都在竭力证明自己的血液
依旧清白。只有江水沉默无言
它日夜忍痛地，流着
不再清澈的泪滴

黑 洞

你是一个影子，躲在
端砚的底部。西江的风吹过
你杨柳般的腰肢，杨柳一般的扭动
我从不怀疑你的执着，关于浮世
你选择了我不爱听见的词语
用一块石头
结束一个从冬天开始的故事
把我的内心砸穿了一个黑洞

田 园 情 话

庄稼枯焦，水里的鱼却很自在
你养尊处优，肆意去搜寻一处浪漫
田野的风，往心尖上吹
吹出熟木瓜的模样
你要去摘香蕉叶，天上的云却不肯走
你感到郁闷，回忆从前那只温顺的蜻蜓
被遥远的光阴掠走。原来生活到了一个阶段
已没有可以复制的将来，时光如渠里的流水
波光粼粼，其间有数朵落花

拂 晓

鸟鸣是藏不住秘密的天使
在拂晓诵读你的经书
你昨晚的梦，堆满了粗粝的石头
开着一朵白色幽怨的花
你在十九世纪的墙上
踮脚写下宋朝五月的一场雨
晓风残月，古道西风
相见不如怀念

野白花

你开着，白茫茫一片
在十年前的钟村还有你立足之地
我曾经路过，和你对话
向你描述春天的多情
并不在乎，一场又一场的细雨
深入你柔软的花芯
自从经过了一个黑夜，你不在了
可是记忆的土壤里，你从未离去
一直在开花，一直在忧伤

初 夏 的 鸟

我伸出一只手，打开一座城的笼子
一只鸟儿，开始沿着乡村飞翔
此刻粉红色的午时花刚刚开放
日头在天上睡觉，而我刚刚完成一幅画
画中孤独的小屋里面已经荒凉，除了我
没有人知道，夏天为什么淡淡地忧伤

一只鸟再次飞翔，沿着绕城高速
有着目的地的高铁比它跑得快，风却比它飞得慢
它不是自由的，脚上绑着生活这根线
这一辈子都是囚徒，其实，我所认识的人
没有谁不是囚徒，地球和国界的囚徒
家庭和心灵的囚徒，自己给自己画地为牢的囚徒

一只鸟在疲惫和饥饿中，被春天抛弃
它只得去远方寻找成熟的果子
在邻近的园子里，它吃了一片草药的叶子
过去的季节，桃花春雨，给它喂了太多
多愁善感的苦酒，希望，一片不期而遇的草药
从此了断，一路上的恩恩怨怨

致 五 月

五月是我，爱怜和陌生的情人
你将拨开四月岭头的晨雾
踏着夜半的月光，和我相会
我已经开门等你很久了
你将看见，我门口的灯笼和茉莉
你还会看见，我整个春天的思念
像花朵上的泪水。一直等着
照见你火焰般的嘴唇

关于孤独

某些人生法则，鄙视孤独，哪怕是
一小会儿的孤独，也是可耻的
藏着一颗羞耻的心，我让灵魂游走
不小心地来到一条河边，被众多的螃蟹笑话
我低着头，看着一条滔滔的河流
来往的船只是孤独的
一株花儿落尽的木棉树，也是孤独的
一座荒凉的小屋和一只绑着绳子的狗也是
孤独的。这一小会儿的孤独，原来没有那么可怕

从此我决心给孤独定位，专注做事
我想在五月的河堤里，种满艾草
给宋词的孤岛，修一座独木桥
给荒寺的黄昏，添一个橘黄色的灯盏
给跑不快的双脚，装上四个橡胶轮子

我还想着修正一条通往哀愁的心路
既然主人都换了，何必在老屋的门前徘徊
犹如若干年前的春天，我为一座桃李芬芳的园子落泪
那泪水至今未干。我该抬着春耕的犁铧
跟心中的灰败，说声再见了

仓皇的小鸟

我的内心藏着一只冲动的小鸟

打开笼门，它就飞了

它要去的地方，狗尾巴草刚刚节育

叶子遮住了天空的眼睛

狗尾巴草不喜欢提前为暗淡的太阳折腰

它有时很情绪化，像我内心的那只

悲伤的小鸟，此时它肯定在寻找另一只小鸟

一只忙碌的小鸟，有一个残破的窝

我有勇气代它送去干草、食物和琴声

却没有勇气，让两只小鸟

在风清月淡的夜晚，卿卿我我

两情相悦这张网，可以撒向大海

但不可以捞起，两条不同世界的鱼

尽管另一只小鸟的世界，已经把寂寞当成枕头

我也无法越过世俗的红线

种下两颗相思的红豆

我后来看着我的鸟儿，仓皇地离开

路上雨点淅淅沥沥，天空比来时阴沉

野外

一片绿色，把我小小的心挤满了
幸好天上还有白云，还有舞着白翅膀的小鸟
我得以在上午慵懒的时光里，给一块无人可耕的荒地
种下一粒相思的种子。如果夏天没有雨水
就请把思念深埋，我不再从这片土地上走过

我生在春天，却被春天的野外驱赶
既然桃花都先我走了，我又何必在一首歌里
把自己埋在春天里。我又何必寻寻觅觅
为靠不了心岸的小舟，抛下柔软的绳索

我会在比野外更远的地方，寻找一座小城
和一朵过了保质期的花朵，相顾浅笑
也许，火山已经爆发千年，那些炽热的岩浆
期待我的指尖。我在长满暧昧的草丛中
设下一个酒局，让春末的闲愁，以杯酒相释

生 活

习惯用四只脚下的轮子，运输时光
然后把时光当作一杯残茶，倒进生命的河流里
当别人透支夜晚，我却在雕刻白天
我计划在一棵树上，刻满永不凋落的花朵
如果我喜欢的人走过，不分季节
我会摘下沾满露水的一朵，执手相送
希望有一条小路，铺满星星一般的石子
走过石子路的时候，路的尽头有一枚红月亮
请她代我邮寄一叶相思，无论路途多远，离别多久
彼此的伤害，又有多深
我对自己总是不够慷慨，我不愿意
在一本空白的书里早早睡去
我收集了许多的鸟鸣和寺庙的晨钟暮鼓
以及，没有主人、四处流浪的云朵，夹进
厚重的扉页里。当我有一天心意消沉
我会在无人的山间，默默翻开

一条河流

一个车站，到了傍晚，太阳
就躲进车厢里了
从车里走出来的人，应该是代表远方的
她的手提包里，装着远去的春天和桃花
如果她走进了一条河流，到了傍晚，河水就更清澈了
我看不到长长的列车，但我看到了河流
河水流的不是水，是时间
我看到我的时间也在河里，像一条红色的鲤鱼
有时，我会放下过往和未来
化作一缕晚风，跟熟悉的香蕉树说一声再会
跟身边的牵牛花谈谈诗歌、亲人、粉红色
我看到许多小兽，坐在高高的屋檐上，以河为邻
它们和来客都有一个远行的梦，只是
过去的森林都不存在了，只有那一只美丽的木耳
它还生长在巨大的树桩上，也许，我们应当摘掉它
另择一个风起无云的夜晚，煮一锅美酒
看满山遍野提着灯笼的萤火虫，为相逢和匆匆别离壮行色

周 末

天空下起了微雨，鸟声稀了
这么冷的风，鸟儿都躲起来了
它们，上班的继续上班，睡觉的继续睡觉
看书的被字粒迷住了
病体未愈，我和周日的写生无缘
细想这世界少了我，该开的花朵还会开
该流的河水还会流，唯一
该唱给我听的歌声，都消失了
我细细端详情绪这根弦，曾经让多少的佳客迷失
漫天云雾，没有铁扇公主的芭蕉扇
我至今看不清，天上
有没有鹊桥，有没有蟠桃园
我也记不清，前世今生，一棵开花的树
如何寂寞地守望了五百年
有谁，和你在六月的碧池里，陪菡萏
笑语千回，笑语千回

菖蒲或河流

偶然会想起一个人

想起菖蒲、苜蓿、柳条或艾草

想起和五月相关的许多情怀

关闭的园菲，四月未走，五月未来

细雨一直在下

而菖蒲的花儿开了，头顶上挂着一个个紫色的微笑

居高临下，我是五月的独行客

我在一条河流边，饮酒，吟诗

相邀过路的风翩翩起舞

我在一刹那，相惜远去的楚腰，太多悲壮故事

不及河流清楚，菖蒲是河流的记事本

记录我春末的狂放和落魄

记录我一世的相思，至今，都随了碧水东流

举头仰望，我是水中的鱼儿

春去了，水还那么凉

我情愿用一生和菖蒲相伴

用花儿书写寂寞的心事，从此

任凭水面的云影，飘来飘去

夜 的 痕 迹

蛙声一片片，把夜抬起来了
夜游动了，像一尾巨大的黑色的鱼
那我就不要叹气了，跟着夜走吧
在夜里我经常看不见，未来的样子
不知道一朵云，会不会做了别人的帽子
不知道穿着裙子的花朵，会不会想起某年
某个，细雨飘飘的日子
被我借走的朦胧诗集，那里有一个小小的书架
挂满永不消逝的春天，还有一匹情感饥渴的骆驼
我拿走了春天，留下了骆驼，以及
黄昏的月光。我本来还想等等的
但时光的潮水来得很急，我来不及伸手
就将夜卷走了，甚至，我听不到
一句最后的哭泣。我以后，只为我的诗
活着。直到，夜色抹去了
那条我不该走过的小路

我去了北边

那里有着，像动物一般站着玩着的峰林
那里也有着，白天和黑夜都在睡觉的石头
我在茵绿茵绿的草地上，像顽皮的孩子，印上
一个个半圆的脚印。我不爱风景如画，因为
我的爱都不在啊。我也不爱孤独
孤独总是跟在一大群人的后面
当别人都在看豪华的房子，我忽然喜欢上了天空
那里有他离家出走的云朵，有他蓝蓝的忧伤的眼睛
可是我没法和天空做朋友，在北边
我可以坐在池边，看一个个黄色红色白色的灯盏
被一条条天真的鲤鱼，举过头顶
白天还在，夜晚没来，只是到了夜晚
灯盏就要熄灭。它们像我一样胆怯
没有勇气，面对，沉沉夜色

忽 然 想 起

身不由己，在一辆客车上
我经过一座桥，看到了往日
我用许多人看懂的线条，涂写梦和向往
用没有人看懂的诗行，演绎夜和等待
那时天气和现在一样
溪水流走了珍贵的时光，山峰像不吭声的巨人
身上长满了小树和小草的毛发
荒芜的村子里，庙宇和祠堂的墙上，涂满
红颜料黄颜料，有人
把祖宗和神仙关在里面，却关不住浓浓的
乡愁。我看看自己，发现心的门户
也把我自己关住了，一直没去峰林下面
采摘，含情脉脉的鲜花

田园生活

不要担心，这块土地的表象

被生活蒙蔽

我要用一颗诗心，把花儿和鸟儿的梦

绘成一幅百花盛放的油画

洁白的雪花莲，是春天的使者

枸子、钢木兰花、星花木兰、延龄草也要走出温室

请甲壳虫过来作客，植物也需要甜蜜的吻

四月或五月，欧洲的原野不属于夏

它还躲在春的怀抱里，那些看似杂乱无章的草木

花朵如爱美的少女，从枝头起舞

她们戴着色彩缤纷的帽子

和我一起欢度春天。大自然的灵感

爬满了我的目光

我要去丛林深处，倾听仓鹦的歌唱

毛地黄、兰陵草，待白雪融化为泉水

是它们最美的时光

在熏风醉人的旷野，我拥有慵懒的午后

小黑狗追逐蝴蝶去了

我无意打翻了一杯橙汁

于是花园的一角，染黄了一大片雏菊

我要去薰衣草绽放的草丛，制作一只蜂箱
过不多久，小蜜蜂就要去苹果花的家里作客
然后为我平淡艳丽的生活
酿造永恒的甜蜜
七月或八月
大星芹，老鹤草，夹竹桃，天竺葵，曾经
布满老奶奶的花园
现在和月光待在一起。花草夹拥的碎石小路
尽头，是小小的草屋，白云就是屋顶
我将坐在那里，喝茶，听风吹鸟鸣
一直看着，所有靠近海边的冬青树、刺芹
在海浪的摇篮里，温柔地生长

今 天 是 五 一

我坐在窗前，敲打文字，任凭美好的假日时光
一串串流失。此时会有很多念头，像蘑菇丛生
记不清往年五一的模样，记不住有没有给心灵，系上
一根线，然后放飞一只风筝
我不能去猜别人，无论我爱过或不爱的
我恨过或不恨的，都有自己的活法，有些人
比我更无奈。一丛春天的竹笋，苦的比甜的多
我该拿什么来安慰，这个假日里忧伤的鸟鸣
蝉争着吵了，路争着挤了，网络争着寂寞了
我与世无争，只在南方的天空下
淡淡的、淡淡的，想着，过去和未来

雷雨之夜

我的文字，都被雨水弄湿了
我的心情，一直和窗外的雷声一起
想表达一些模糊的思想
大约属于永恒的哲理，就是轮回罢了
天地、草木、善恶都可以轮回，唯独这一生的
时光和情怀，流走了就不再回来
所以我特别怀念一座年轻的城，草莓花开的时节
皇帝的墓被七个星湖环绕着
没有哪一个盗墓贼，可以盗走皇帝的荣耀和伤心
也没有哪一丛野花，在没有星光的夜晚
心甘情愿做聊斋里美丽的新娘
以后的风吹散了往事，雨水仅仅在异乡的山坳里
和我谈谈天长地久。涧水正从寂寞的山里冒出来
我依稀明白，世间所有的诺言都不如
穿过瓦顶的竹子坚定
落满残花的小路，已经不是我想走过的小路
但它在遥远的时光里，依旧不变

脑子里的鸟群

诗歌是我的母亲，它在我的脑海里养了一群鸟儿
我善于给许多新生的孩子取名，却无法
给我的鸟群取一个名字
鸟群以我的头颅为巢，有一双双善于飞翔的翼
云空里，变幻如一堆墨点，镶着太阳的金边
对一朵云的喜爱，让我意外
鸟群还偏爱春天的花丛，独角兽蹲在河口的岸上
保佑华子鱼的香火，以一条河流的名义
承继子嗣。黑毛琴鸡、灰鹤或红嘴鸥，春情如歌
却总有机会得偿所愿，于是，狐去了三界外
我去了远方。我看望的不是一个故人
是一首刻着我的名字的诗歌。我希望诗情如水
祈请一个好人一生平安，也祈请已经忘却的时光
化作一盆沃土，长出陌生的叶子或风铃草
寂寞的时候，听一听风铃；郁闷的时候
忘记那座悲伤的城，以及
村口那匹沉默的骏马，所有即将载入史册的演义
可无可有，可有可无

古村行吟

我像风

又一次吹入村庄，村庄的巷子是我的风槽

我曾经抚摸青瓦石巷，野草闲花，蛛网陈迹

是否也抚摸了你香汗渍渍的云鬓。你柔软的话语

落满了六月的碧池，化作一池荷花

那年之后，我如何从鲤鱼的保险柜里

借来回味？青石板是一盘棋

下着，我是那愿赌服输的棋手

而你是天空里一朵晚霞，并不遥远，但遥不可及

其实你不必消失得太快，黄昏还很漫长

飞鸟刚刚出去，水浮莲有着一个个紫色的心愿

你只要端坐，那船只可以带你

去你想去的地方，摘取岁月的风情

我也可以将那幅未画完的宣纸

涂上一抹秋色

古 镇

某一个不雨的黄昏

我去看你

看你往日的踪影

会在某一个角落静静地站着

一声不发

我该不该上前和你打个招呼

你已经不是你

你是一道闪电

也是一朵唐朝的荷花

在我的想象中有时清晰，有时

比我摘掉近视眼镜还模糊

我疲倦了，不想说话

香蕉树都哑了

奶牛皇后被皇帝叫进宫里

可是我在担心那匹纸上的马

它来自唐朝

却没有爱情的青草可吃

那 时 光

我枕着云朵而眠

圆圆的白白的云朵

在额头上刻下十四点五度

没有月光的春宵

酒精像一首朦胧诗那般有味

我也会放飞星星

把星星镶进夜空不是很费力的事情

但从此过后，我看远方的时候

偶然想起才情横溢的楚王

成全一场巫山云雨

如果我可以做到，我要把楚腰献给楚辞

把菖蒲献给屈子

把属于我的五月装进

思念的笼子

从 明 天 起

我将进入雨
把河面和马路连结
我要请所有的鱼或虾蛄
去和人群为友
继续出一本杂志
以河豚为封面
我邀请美人鱼坐在我的对面
继续，一杯咖啡的温度
彼此奉献
花朵初开的柔软
让舌尖消除陌生的国度

我将做一个高贵的诗人
我要拷问诗歌
为什么不可以装上天使的翅膀
去普度每一个诗歌的贫寒者
为什么不给李白权柄的花朵
让他的墨笔涂抹安禄山的军队
为什么不给杜甫
粮食和茅屋，让他的孩子

和葵花一起微笑

我将进入别人的村庄

持一杯红酒，醉倒明月

我要站在香樟树下，问候

土地公公，可有南来北往的鸟儿

等待我虔诚的相约

我是不是在一场风雨过后

失忆，忘记了

某一个春光旖旎的午后

抑或一朵野花的散淡

我将进入荒野

在火车经过的铁轨

摆上，十二颗唯美的石头

我将在子夜，为萤火虫唱歌

让一筐酸涩的李子，主导星星的音乐会

我相信不会有人

举着火把，从遥远的史书赶来

在天亮之前，所有迟到的麻雀

都得到我肉体的馈赠

蝉 鸣

它们叫得甚欢

这是爱情的声音

在有树林的地方都有爱情

就像有井水的地方就有柳词

我在一个初夏的经历

和蝉根本不同

我耽于风雨的白日

竹子长出了屋子

泉水漫过了丰腴的田园

我的想象越过了时空

隐秘的诗情

含蓄如一粒杨梅

越来越红，宛如我的心脏

这和蝉鸣刚好相反

其实和我类似的物象还有很多

比如花朵从来没有声音

文字不懂说话

白云比风娴静

溪水的一生，只是轻吟浅唱

月 光

手捧月光

思念有些绵长

水流走了岁月和母马，庙门

破了一个洞

我没有按照大地的嘱咐

好好关住，从洞里飞出的萤火虫

我捏紧的诗卷，有些发烫

像天鹅的卷发，天鹅是秀气的姑娘

惦念朋友

请香烟制造一朵五月的云

悄悄，塞满我空洞的衣袖

被诗经超越的爱情

有一点潮湿

像我手里的月光

月光如一张蔡伦送来的纸张

乌鹊曰：月明星稀，孔雀南飞

我只有沙漠和水墨

而月光极美，如你

米白的牙齿

并非正确

不让虫子

进入我的扉页

我用一亩田瓦解秋天

时光的长廊略微震荡

牵牛花要休养生息

我怕重复的词语，被装入同一个名词

便多虑了一些，用篱笆圈住物象

如陶瓮、干草、冲动的小狗

我从容自若，但时间

竟然被我看不见的妖魅，像切树皮

一层层削落

当我看到熟悉的人，束手无策

渐渐变成久违的火柴棒

便不寒而栗

而是，我将披上带锁子的金甲

如果一只桃子的出现刚好宽如两只手指

我下一次将落荒而逃，然后

打开另一扇紫薇花的门

也许选择并非准确

但除了五月，我一无所有

端午

那一年的粽子，我记住了
那一年的雨，我也记住了
一座城旁边的河，流淌着我的五十六首诗歌
以及一场活在梦中的烟云

在平淡无奇的日子
曾经让相遇，像一只龙舟划过五月那么精彩
曾经让初夏，睡在一朵荷花的怀抱里
我从不会怀疑，来自秦国的瓦当会破裂
而向西边飞翔的青鸟，如此坚决
西海呀，葵花都低头了
还说什么，不要把谁忘记

菖蒲献给季节，紫色的心曲
鲤鱼献给五月，一场狂欢后的寂寞
诗人的长剑，斩不断长流水
这水，依旧淡蓝而悲苦

古寺

山寺的灯火，换作此夜
一定烛照月明星稀
萤火虫，或只想经过那位僧人的窗下
去看看，一本泛黄的经卷，可否
掩埋曾经如花的情愫
香樟树下，前生的我为何站成一根木头
谁轻轻飘来，拂去月光的忧伤
重门未锁，青石小径隔断滚滚红尘
天各一方，谁的青丝及腰
却绑住了万千相思闲愁
此生百年，只是一曲书卷遗韵
谁又断了琴弦，打翻了酒盏
望不见，隔世许诺的情缘
青灯古佛旁，木鱼静静地敲着
惊落几多金子一般的星星
我用一个陶钵，装几许镜花水月
心事纷乱了，一地禅房花影

烟 水

这烟是我心中释放的烟

这水是谁家东流的水

我租借江流三千里

在月光潋滟的江水里与你泛舟

今生我已忘记，我究竟是谁

活着，或为一生凉薄的诗意

记得那时桃花，灼灼销魂，落满木舟

我还是那舟上，横笛渔翁

吹一曲取舍两难，叹一声花开花落

问水里鱼群，为何只唱楚地凄切的离歌

问禅院晚钟，来自哪一座幽静青山

我可不可以，做你疲惫的白云

问情，问心，问烟水迷茫

风是千年的咏叹调

我且去摘一个橘黄的灯盏，温暖

所有路过的丝丝细雨

寒门

常听到鱼儿在跟溪水吵架

鸟儿在和秋天争夺麦子

秋风从不怜惜杜甫的茅屋

吹一吹，就是千年

我的心头，落满唐朝的寒霜

那么多的人，都争相投奔豪门

豪门的桃花，有人看见吗，是不是

有点憔悴？出身不可以选择

快乐却可以常有

记住旭日曾照进村落

溪水从不绕开你的童年

母亲的叮咛，一直是寒夜里

那盆通红的炭火

感 冒

一只虫子趁我不设防
钻进了我夏天的身体
夏天是荷花的夏天，名字很美
如同一只怀孕的青鸟
夏天的爱情比春天迷茫，诗意的泉水
被雨水赶得，比任何一个季节都要匆忙
我正打算买舟西下
去拜谒西天佛陀
生命是一袭褐色袈裟
经过浪遏飞舟，经过
漠漠黄沙，我已经把自己的内心
铸造出一片青铜色

一只虫子钻进了我的身体
不要大惊小怪，它只是
想到我的思想里，看看
我是不是传说中的那片海

夏 天

选择这一个日子
和满池荷花，频频约会
倾听蜻蜓的薄翼
如何拍打，炎凉不一的空气
江风将一如既往，和我握握手
然后推着一艘巨轮去了我不知道的远方

别在黄昏的时候
和一堆方块字独处
一些伤感的字眼，依旧无法剔除
思念是根线，飘得很远
它那么细小，远方的人看不到
我也看不清手掌之外的那部分
所以我阅读康熙年间的禁书
为一个女扮男装的女子暗暗倾慕
希望，在一个浅浅的睡梦中
穿越，然后牵手
去看漫山的龙船花

听 歌

听着，有一双手就握住了我
带我去看曾经的相思渡口
水缓慢流着，船都不是载走你的船
记不清那时候了
雨丝像卷不起的帘
隔断了你我的温柔
所有的承诺，都给水底的鱼群扛走了
去了一个遥远的秋天
如果我在萧瑟的诗句里提到
路很漫长，叶子都落了
挂在心头的那一片
是一滴猩红的血
我就这么无奈地，任凭感觉随着旋律翻滚
不知道，从那个秋天过后
哪一首情歌可以做你枕边的单曲循环
哪一只大雁可以任意飞越你的领空
而你的箭只会射落我城池上
为你飘扬的大旗

回到先秦

一大早，肯定没有电话打进来
说大雁的巢安好了，就去那里和苇叶结伴
我小心地推开阳光，嗅嗅老虎的气息
是不是还在柴门外徘徊
我要看看陶瓮里还有没有粟米
问我的妹妹，要不要去向秋天再讨一瓮
好度过萧瑟的冬天

我也不知道珠江水为什么蓝得
就像妹妹的心事，一只独木舟绑着
我简单的梦想，漂泊在月光的怀抱里
世界已经单纯得像一片树叶
它挂在我的腰间，为我遮羞
我不懂天空和未来的样子，但是
在晨风里像谷子一样对它们弯腰
也许，这就是生存在夹缝里的道理

端午假期

龙舟从河底钻出了河面

屈原的名字又一次被锣鼓刷新

花儿继续献媚太阳

穿一袭紫衣的大花紫薇

沿河而开的龙船花

独守一池碧水的荷花

让经过端午的我眼花缭乱

我无暇顾及一份本应该闲逸的心情

无暇顾及屈原、花朵、艾草、粽子、龙舟和诗歌

我把注意力放逐到一座荒僻的孤岛

那儿没有思念、浪漫、欢笑、月光

只有文档、审阅、引用、插入、设计、布局这些

跟粮食相关的词语

我如果逾越了这些高墙

或许明天会捡到一个发自内心的微笑

黄 昏

太阳下山之前最后发出的一张牌

猩红的火烧云，是烘烤记忆的焰火

大地一刹那涨红了脸色

我从一条河流的嘴唇里观看远方

船只仿佛是蠕动的虫子

在寻找缺失的母爱

而天空里不甘寂寞的飞鸟

你究竟在寻找什么！如果是友情

明天的早晨你应该收到一个包裹，里面是浓浓的情意

如果是寂寞，月光也很孤独

不妨趁着晚风如酒，喝上一杯

或者，黏着花香的梦，在被窝里等你

想去山里

想放下疲惫、枯燥、乏味这些
生活强加给我的影子
我想去一座深山
风不认识我的名字，泉水是一个爱笑的姑娘
竹子像一个吟风弄月的高士
在竹林里站一会，遍体生凉
我去叩一座茅屋的大门，寻找我的过去
其实过去早就不在，世界就像幻影
云朵遇上了天空，飞鸟爱上了空气
我举头仰望，对流星雨以心相许
只是流星喜欢山里的野花
我不是野花，我可以做一只独角兽
静静地等待虚妄的艳遇

禅 理

我羡慕着袈裟斗笠和独行者的包裹
我想背负自己的情债浪迹天涯
弯弯山路，或有青藤牵我的衣角
却也有泉水催促我决心前行
在我的前生，我也许陪伴青灯古佛很久了
寺院里的落叶，都熟悉了我的脚步声
当春天第一朵飘落的梨花
路过我的枕头，我是不是默默与她相望
我用再多的墨水，也写不尽月光的凉薄
也诉不尽，像绵绵细雨一样的尘心
我可以将满山的红叶都写作相思
直到冬雪覆盖大地，两只燕子飞进了
我用意识漫不经心搭起的鸟窝

仲夏夜

想跟随一片月光，一路向西
去寻找远去的记忆
萤火虫应该知道，谁在酒杯里饮下了
一杯相思的酒
我拥有一只独木舟
却过着随波逐流的日子
生活的表象，如街上的霓虹
如果电源断了
可不可以，让色彩的光影依旧闪烁

其实我不会再去西边
也不会再去北边
在南方多雨的天空下
总有一片屋檐安放我的孤单
而思念如同大地上盛开的荷花
散发着化不开的闲愁

犹 如 宋 词

雨水停了，阳光又来了
酒醒了，闲愁还在
泡在酒中的宋词，哪一句
是平淡日子疗伤的良药
我依稀看到彩袖捧起玉盅，一饮而尽
风尘中，此生便成陌路
很想，天高云淡，鸟儿在头顶飞过
岁月是一块停滞的手表

风中猎猎的酒旗
能把欢乐招来吗？落花如歌
行人肩挑着老去的时光
走过一条长巷，井水如果还很清澈
我此夜将牵着虚幻的红袖，越过千年
在井栏边翩翩起舞

七 月

一

七月状如一把沾着泥巴的锄头，
墙头的草都歇息去了
独有一支幽怨的笛，把月牙喊出来
仿佛听到远方的风里，一声轻轻的叹息
来自水流的低处、更低处
我或去做锄头的主人
天地广大，别人的稻禾都快丰收了
我只有一块虚拟的土地
我拆掉了篱笆，用诗歌的种子播种
在每一个苦涩的日子倾听
柳叶舒展的声音和内心的低吟
看一江流水远送孤帆，栖息或飞翔的大雁
已经没法回到从前，从前是尘封的画面
我在佛前，祈求了多少遍
也没有见他伸出金手，轻敲一阵
前世今生的木鱼

二

跟着古道里的一缕微风
去竹子里，把往日的名字抹去
如果风里还有茉莉的芳菲，只怕我又一次
心甘情愿迷失
我怅望长安，诗心涨落如潮
法门寺的铜钟，圈住了多少情缘
为何我的那一段，却挂在秋天的落叶上
天空那么高，纵是西风
也无力吹走含愁的眉弯
禅院芳草，近些时光一直疯长
似欲塞满我没有灯盏的殿堂

三

一个夏天，荷花都在开放
你方唱罢她登场，莲蓬开始走上街头
用绿色的清凉，走入无缘赏花者的目光
我感恩生活，拥有一个自由的周末
荷花池边，常有我掉落的诗行和梦想

也许，荷花也能读懂我的文字
彼此便有一种默契，从不相嫌
我或是尘世里一颗沉睡千年的莲子
在没法挣脱污泥的日子
只愿相守，每一个夏日的清香

四

当远足成为我相簿里定格的照片
仿佛，秋收过后的原野
只是枯草和野鸟的世界
野鸟的翅膀，可否借给我
做我飞翔的梦，我好想在七月赤足奔走
举一把文学的罗伞
寻找雨中的香格里拉
或有一场偶遇，在黄河的岸边
在槐花盛开的村庄
而旷野的风，又一次淡淡地散去
只因大雁已经鬓发苍苍
来不及实现的梦想，在时光里褪色
像一件残旧的衣裳

麦 地

—

或许该责问故乡的大地
或许也该责问青山和溪流
你的青麦地，都把我的童年送给
鹅群和春风了
你的黄麦地，都把温饱
掉包成饥饿了
我在长满剥皮桉树的圩镇
躲不开炒面条的诱惑，但我不愿继续走过
收割后的麦茬，那是
祖父粗糙的胡子

我站在麦地和油菜花的边缘
和贫苦这个词语同喝一碗清水
漫天的麻雀子，你们凄凄惶惶的童年
有没有被摁在土墙的窝里
窥视早晨的阳光透过尖尖的麦芒
大地，你失魂落魄
你面目全非！孤鹰的影子

跨过仙岩寺的香火
母亲和她麦田织就的金黄色锦被
在最后的一季
就埋葬在我的眼皮底下

二

西北偏北，那是麦子的故乡
我不该吝惜诗情赞美麦地
汉朝并不遥远，祖先
也不遥远。那些略显干燥的土地
玫瑰和麦子一起扬花
皇天后土和青铜的祭祀一起
走向迷茫暧昧的将来

我的心情伴随着候鸟渡过关山
历史的弓箭和诗词缤纷落地
我只让不期而来的柔情似水
相约一个出人意表的清夏
等待圣山赏荷的消息

或有月光穿过玻璃小窗，阅读我的诗卷
或有一双眼睛，窥视我心内放牧春天的小鹿
我感觉自己的心跳，像麦苗拔节生长
扯疼了静夜的神经
我很想在五更化身一朵云
下一场淅沥小雨，打湿候鸟的睡梦
记住南方以南的红树林
有一只等候的白鹤正在静夜低低吟唱

三

不在麦地长大的人
不懂北方和黄河，不懂九鼎的篆文
不懂，把麦子种在诗里的海子
我曾经涉足中原，在远去的征程里
看到麦地里穿着粗布裙子戴着蓝布头巾的汉朝农妇
她应当是我的祖先，只是不会想到
她的后人来自一个新颖的时代
我不知道祖先有没有幸福感
像风雨一样稠密的杀戮

麦子长大了也知道恐惧，纵有阿瞒割发
也无法终结一个又一个朝代的血泪
在不长麦子的南方偏南，我依恋麦子的味道
虽然和麦地相距有些远，但我
喜欢着麦地上空飞过来的大雁
总想邀请她栖息
我在海边搭建的心灵小筑

凌晨四点

从一个记不住的梦里醒来
思绪便如一堆燃烧的柴火，越烧越旺
在静夜里的抒情，没有比诗歌更直接了
那些关联的生活，其实
都很简单。是种子就会发芽
是苗儿就会生长。搁置太久了的思念
就会像箩筐那般发霉
与仲夏有关的事物，屈指可数
但没有违背生命的常理
鸟儿准时在凌晨出现
露水好久没有触摸了
迷人的风景，向我招手
只是，我已失去冲动的激情
熟悉的溪流，再去
会不会惊动安静的鱼

一只船

笔底下
一只扬帆的木船在七月八日下水
天空炎热
只有船只经过的地方很清凉
那么高的山，高不可攀
我派一只鸟儿去山顶看看
是不是有一朵隐居的花儿在等待我的到访
这些个日子，天上来往的斜风细雨
没有让浓烈的诗情寡淡如水
一些粉色的词语，像春天的凌霄花
让我血管里蠕动的龙舟
在端午过后依然渴望游弋
所以我决定乘舟驶出峡谷
听一听这泪水沾裳的猿声
想一想前世今生
都是一首没有注释的朦胧诗

那 些 年

一部小说被缝入我的内心
杀戮和离别不断上演
暗箭或明刀的伤痕
都不及一条河流的伤害，更深
那只载着白衣的船只，扯起风帆后
就去了宋朝，我看到我的背影
在风吹过的刹那，怅然若失
我曾经快马加鞭，到麦地下面的东京
寻找杨柳岸，晓风残月
院落深深，谁在为别人歌舞
奉献午夜如月的柔软
直到桃花和雪花，一年年飞舞
我都站在那里，不肯醒来

给 你

你有一个名字：喜欢
我偶然在玉米地遇见你，我就想
做你手里握住的那只玉米
我总是小心翼翼地端详这个名词
生怕被仲夏的风吹了去
乾坤那么大，我要去哪里寻找
所以我不断用思念的蛛网
编织云朵上的相遇，或者天空也有茅屋
或者也有清茶美酒，或者
我再也回不到人间

绾西那荷

绕城高速七十公里处
我遗落的旧时光
养大了夏日的荷
美，惊天动地
仿佛你们是孤标傲世的女儿
无论阳光如何猛烈
煎熬着，蝉的惊喊
长长的青石板路
从不被风雨腐蚀的绳子
连结，一个又一个池子的婉约多情

那年匆匆，燕子无迹可寻
瓜棚下的灯盏
照见一颗不变初心
我何去何从，我为何惆怅
关山漫漫，天空的云在唱歌
只余一双纤手
当这日渐残破的垆
我与你，且饮下这杯略微苦涩的清夏

又是黄昏

窗外的树开始收起叶子的线条

鸟群开始争夺床位

我漠然淡对一切，夜对我

睡一觉就结束了

对有些我爱过的人

或者要用一生才能结束

我们都是鸟儿

飞舞在地球的表层里

有一种空气

让我暂时忘记烦恼，用充沛的情感

去经营虚无的模式

我不太相信信仰的石头

崩了一角又会生出来

所有的生活都是选择题

幸好有充裕的时间让你我打钩

只是这个黄昏过后

我渴望看到天上洒下一片月光

随 想

品读荷花不是个错误

没有看见荷花下面躲藏的毒蛇是个错误

七月最后的荷花，我能读懂你温柔的诗心

你让我这个夏天，产生了一些共鸣

可是我又怎能责怪，你绿叶下覆盖的隐秘

也许我也没有不对，七月的细雨

曾经和落叶让我沉醉

天上的鸥鹭，它们洁白无瑕

我和你走过的那条路，风也洁白无瑕

我想过，无论怎样

如果天空要来一场台风
我不会拒绝。如果青山派来一只饿狼
我也不会惧怕。我在村庄的门口
设好路障和弓箭，设好我的勇气
我可以轻易放弃，我不值钱的躯体
和躯体里那一片种满诗歌的江山
但我不会放弃，上天赐给我的村庄
在稻谷收成的季节，年轻的猎人和他的妻子
孔武有力。我手中的弓箭
依旧箭无虚发

夫山遇雨

云盘子里的珠子满了，就掉下来
我刚好站在夫山的池塘边
珠子砸到我的雨伞上，碎了
砸到荷叶上，荷叶高举向着天空的绿碗
装了许多。这是一些晶莹的珠子
如同鲤鱼的眼泪，看着，我略感难过
我想起许多往事，想起鲤鱼和书生的传说
想起白狐和一个人千年一遇的爱
如今都像云一般散了
以后遇到很郁闷的事，该向谁倾诉
月光下的拥抱，可向哪里搜寻
雨悄悄，跑去了远方

一平方米的幸福

有了这个，我就是城市
我不再是那个租借别人屋檐的异乡客
我要在这个方寸地里，听歌，种花，写诗
谈一场恋爱，有一个和春天一样美丽的女子
坐在我的枕头边，为我喊来春风
我如果是一台车，这是我的车库
我如果是一只鸟，这是我的鸟巢
一平方米很小，但写满了尊严和归属
它来之不易，得到，就不要轻易失去
失去，就失去了一座城，一个人生
就像一只回不到壳里的蜗牛

岛或生活

一朵黄昏的火烧云，忽然出现
感觉就不一样了
一座座江边的木屋，关住了谁的哀愁
我放弃幻想，游离于命运的河泊之畔
有青春的萤火在我的眼前晃了一下
然后目送夏天最温婉的笑容
被火车收藏。一本书
被不测的风从封底撕破
我此刻只有落寞的水杯，接近唇边

岛或黄昏

风吹过，你们的笑容像风吹过

白日变成黑日，一只船苦渡没有情爱的时光

我站在岸边呼唤月光，月光如水

我的岁月如水，掌心没有你们给予的温度

诗歌有些寡淡，一转身

天空是一对参商，其实你们很好

像红酒一般，如果开瓶

除了痛苦，还会有什么滋味

我任意吃鱼，鱼呆在那里

而和我相爱的鸟飞去了远方

岛 或 陈 迹

我坐在大玉兰树下，摘掉眼镜
世界比我想象模糊
将军们都睡下了，荣耀是图书馆里的纸
你站着，陪我看树缝里的天空
没有感动，历史的水流
日夜流啊流，很多鸟飞来说事
也没说出一朵粉红的花
我只想在时空里建一座桥梁
有一座，抵达你的心扉
你应该装作什么都不懂，然后任七月的雨滴
降落你的嘴唇，那不是我
我是那胆小的小鹿

记 住 夏 天

一

太阳的黑洞在葵花的岛上
将我的诗歌吞噬，船只在一张白纸上
运输匪夷所思的情感
感谢白鸟远离，雨水淅淅沥沥
一个镜头的捕捉已经足够
我设想的小鸟天堂，设想的那朵云那阵风
并没有吹过蒲公英的花瓣
土地不曾流血，白鸟守身如玉
温馨的设想与巷子无缘，爱恨情仇
除了铜板破损，天空安好，洁白的枕巾安好
欲望的草长在无人经过的溪边
那花朵落了一串，又一串

二

相信天空飞来的石头
如果你喜欢，把它称之为陨石或流星
那颗乡间小路破损的头颅

只有树木知道，我活在不同的天空里
是一块丰腴的花地，让路过的流星爱我
我园子的蜂鸟都知道
我破损的皮肤，血只是宣纸上的色彩
我在夏末的伤害，睡一觉就过去了
骨头里的伤痕很美
如同少女的乳房，很美
我又一次让奇异的观音莲开放
有些恩怨情仇随着篱笆上的风
吹去隔壁吧，我谨记你
大地打开一扇门，大地的胸膛依旧宽阔

三

当黄昏不让鸟儿歌唱
虚无缥缈的雾，也该从远方升起
浮生只是一团柔软的雾
我看着五六个月亮在雾中的旅行
我在月光下面，我只是命运之船的航标
我怎能为月亮指路
但我爱着月亮，彼此的温暖只有三十九度半

如果你要穿一件红背心，和我
在开满荼蘼的花架下拥吻
我绝不会拒绝。但你太远
隔着千江之水，我的思念是针
我夜里的疼痛，也许过了这个夏天
一切就会好转。我再也不会忌讳
怪异的天象，照着一丛篝火上的舞蹈

四

我又一次在虚空里演绎想象
把生活和生命两个词语放在思想的火上烘烤
像烤着一筐烤不熟的石头
我独自承担了夏天给我的明枪暗箭
独自成为炉膛里一个不成形的瓷器
但我正视宇宙的星群，让一个树林的花朵
沾满情绪的露水。七星瓢虫明白蜘蛛的心声
溪水悄然变化，青山悄然变化
秋天的葵花，将在海边盛放
而我的欢愉，是那不变的沙滩

假设是罂粟

我想在你的心里，种下一片违禁的罂粟
无雨的日子，让她开花，好吗
我记得遥远的天空，竹简还在大行其道
你或是黄河边的一首诗经，有人唱着你
不经意，麦子就黄了，洪水就改道了
你隐居在遥远的山村里，羊群在天空游走
我生命的竖琴，有一阵子
和你的咏叹和合，记得夏天的弯月
像篱笆上的蝴蝶，沾着，就不想分开
如果黄河水不曾流得很急，也许我是你村口那个
白衣方巾的秀士，如果你不曾流浪四方
你是我心灵疗伤的良药。而一切只剩下假设了
我把假设当作清茶的日子，略微苦涩
我把假设当作罂粟的日子，一切都那么虚妄

前　日

我放弃了寄人篱下
把五斗米还给朝廷
在一条地老天荒的河流之源
我筑起茅屋
野山羊和梅花鹿，请做我新的邻居
我开垦山地，把别人的不爱，当作爱
没有一朵晋朝的菊花，装饰我的篱笆
但有许多薇草，铺满
一坡的青绿。且看水中来往的鱼
谁记得有几条被后人念想
浮名只是一个虚幻的符号，不及
垄上的麦子可以供我温饱
我不知道要用什么来告诉云朵
什么是人类永恒不变的一生
我们看到的星星，其实也会掉落
把我们的价值观砸个粉碎
我至今都会在夜空下想着
那个叫海子的人，叫顾城、三毛
或叫张国荣的人

孤 鸟

我不久前路过春天
和一群孤鸟说话
五音不全的鸟音，都是鸟溅出的眼泪
并不是所有的雏鸟都很幸福
鸟的世界有死亡，有抛弃，有杀戮
剩下的可能不是英雄
所以我欣幸看到鸟儿有一个彝族妈妈
她把一群雏鸟，六只或六千只
都当成自己的孩子
喂食时鸟儿发出的呼喊，一半是饥饿
一半是感激。如果还有的话
它们将来会海阔天空
会和我一样路过春天
会记住这湖边的枯树，那个喂食的公园女工
以及不会说话的粉红色菖蒲

双鱼座

他的皮肤下面

种满了艺术的细胞，大约出汗的时候

那些鲜活的字粒像鱼

游走在空气里

他觉得自己去远方的时候

平静的表象掩盖着鲜为人知的生动

其实这样的日子久了

有没有人知道，已经不重要

历史也不重要，只有一部叫聊斋的书

可以让灵魂飞扬

希望永远都有神秘的心路，一场雨或一个季节

醉眠花中，涧水流向远方

寂寞的山寺，竹子高过云朵

蝴蝶像一群精灵，蜂拥而来

然后栖息在密密麻麻的扉页中

他一直是制造画面和情节的人

只是，看过这个画面的人都不知道

而晴日澄明的日子，到井边照一照

看到了一个真实的自己

那 时 候

陪我跑了二十万公里的汽车还很新

像是我刚认识的朋友

一条河流边的风筝

比夕阳站得更高

我没有理由不感动

青草散发的芳香

沉醉了我的一段日子

如果一生都可以这样

我真的不会拒绝

我要在附近的美术馆里

挂上一幅作品

走进画里的花园

在屋后面的月色中

久久和一朵睡莲相望

我在得到月光沐浴的时刻

总是很感激生命的厚待

我应该像竹林里喝醉的飞鸟一样

把爱情喊出来

把阴影里的蛛丝喊出来

绑住我干渴的身体

转 角 处

到了转角处的河水会更急
我命运的船，偏生经过许多转角
幸好都顺利过来了
被石头划伤的身体
喝了一杯时光的中药就会好起来
所以我在坦途航行的时候
不仅仅会想起绘画、诗歌和差强人意的爱情
也会想起转角处的紫荆树
她在夕阳下如同铁塔
她开放的花朵那么慈祥
这是历尽沧桑过后的平和
我和我的后人从树下经过
刚好被从南方跑过来的风，看到
紫荆树送给我们一朵花

路过一处池塘

近处的荷花是灯盏

邀请我今夜灯下阅读，吟诗，听禅

捧一盏回去就够了

你在，我的余生将注满光明的力量

爱可以远去，梦可以远离，只有禅院的阳光

我要留着，守候在生命的深处

在晨曦的香烟里凝望鸟儿的踪影

在夕阳的余晖里看最后的炊烟

在你的微笑里告别夏天，从容走入秋天

远处的荷花是萤火虫

你别在夏日的衣襟上

夏日是一个穿着花青色衣裳的女子

你如同她们迷人的眼睛

在我生活最暗的角落

你为我指路

我愿意集齐所有的邮票

把你的消息寄出去

让所有别离的鱼都知道

路过一个人的名字

举目所及
这名字就像紫薇花
我也许捡拾过
装在行囊里
像某一张人民币
压在箱底，偶然想起，不曾遗忘
像一杯酒
饮过之后情浓恨深
至今还在失眠的夜晚里
埋怨一只烦躁的蚊子

这名字像某一个夏天的风景
我深入了风景的深处
花都为我掉了
船也为我离开了
只有一张千年的帆
在一本笔记本里无法打开

此刻，我像午后的风
坦然而过，尽管心有不甘

夏 天 的 草

它的绿是独特的
像青年人，或者是壮年人
正在开花或刚刚花落
都不影响我的喜爱
我常常在情感的花园里
像月光般倾斜
与它的呢喃低语
带着热度的风，刚好是一杯酒的温度
我和月光一起入侵池塘边的木屋
和先来的荷香一起欢聚
我们饮酒，吟诗、忘记窗外的虫子
叫了一遍又一遍
也忘记了开往秋天的船
寂寞地停泊在古渡里
我不再默念，一个又一个比我先走的人
我今晚只在它的怀抱里睡一觉
做些该做的梦，任凭
明天的太阳把我推醒

七月二日

我砍了竹子编织了箩筐
把锄头的锈磨掉
我要去山里
去鸟声的嘴巴里
把那块田地的番薯挖回来
种这块番薯，我流了多少汗水
陪月光散步，和雨水说话
和陌生的虫子订立田外之盟
可是我依然不知道
我的收获是丰盈的，或是
让我失望的干瘪
我只想在到来的日子
好好劳动，除草或施肥
其他都不想说了
如果你要祝贺我丰收
那就准备一个泥灶和火堆
我要把最甜美的那个献给
虫子和飞鸟，献给
风华正茂的荷花，献给
我在月光下的第一次约会

夏 天

阳光明丽，村子里的青竹长得更高了
以前我常去竹林里听竹子唱歌
很像母亲的童谣，听了沉沉入梦
也许有一只穿着红色彩衣的瓢虫
走过我的梦乡，让我错过了一次相识的机会

我也去大溪水，听溪水唱歌，黄沙蚬躲在沙滩下面
它们是我家餐桌上不缺的美味
那些水面上会飞的鱼，它们的童年和我一样快乐
我不会飞，但偶然像鱼，游走在夏天的溪水里
我很少看天空的云朵，尽管它们每天都在飞

故乡的三季稻，总有一季在夏天成熟
稻子是一个无形的杀手，不知道有多少农民
在收获的季节倒下，成为拿不动武器的战士
后山的稻田击倒了祖父，溪坝的稻田击倒了父亲
从此他们的余生，像昏黄的煤油灯那般暗淡

所以故乡的夏天是一本悲情的书
最后我不忍卒读。祖父和父亲，一个在冬天辞世
一个埋在春天里。墓穴上的花朵

红的像血，白的像雪，每年清明时分
我摘下一大把送给绵绵细雨，让细雨带去夏天

所以我不再热爱故乡的夏天，不再热爱
没有了黄沙蚬和飞鱼的大溪水
没有了墙洞安家的麻雀，成了天空的流浪汉
又有几只，飞到我的身边，那些熟悉的乡音
跟我一样，也把他乡当作了故乡

石头

这是和我的生存相关的元素
如同我的脑细胞
它铺满了道路
去山里摘花听泉就顺畅多了
樵夫和进香客的脚步
就不像踩着云朵那样飘浮

它卧在路边或溪谷
它的角是圆的，从不
给路过的牛羊带来伤害
除非它被炸药或钢钎所伤
在粉身碎骨的刹那
露出锋利的牙齿

它的质地是坚硬的
但内心柔软
遮风挡雨的房子
都是它扛起来，熬过几多
沧桑岁月

离开故乡，无声的石头总在
我的梦里喊我。说山里的花开了
野果都熟了，竹笋正是开挖季节
山寺里的晨钟暮鼓
和飞鸟的演出正在进行
我家的门口，粟麦正青青

无缘一片蓝色的海

谁用画笔涂抹了湛蓝的海水

那涛声差点打翻了我的红帆船

我圈点的码头，船没有在我指定的日子开出

在水一方的仙人掌，在别人的目光里

开成寂寞的红色花妖

其实这一切都很好

后续的故事，都不及我的一部小说优美

我的主角造船，织网

夜晚带回满舱的幸福生活

只是最后的结局有些悲凉，杀戮的风

吹熄了海岛上所有的灯盏

第四辑

疼痛的
石头

大 雁 塔

我分明看到，雁落塔尖，是一个人字
你跟我保持距离，跟别人说西游记
我都忍了
可是为什么要去塔上闲坐
像一尊佛，让我触摸不到
唇角是微笑还是哀愁
当我在广场，和你站成一条线
感觉我也是一座塔
只是不叫大雁

秋天，我怅望长安

从不觉得长安很远
我目光所及的地方，相思还在
想到那双赠我月光的纤手
此刻一定捧读着
我在两千年前写下的长短句

我和长安有缘
那些散落在街角的酒家
酒家旁边芬芳的玫瑰
都记得我的马蹄声

我自从买舟东下
长安就不是我的长安了
她被时光的沙子，掩埋
多少个月圆的中秋
她盖着一床月光，打着寒颤
被我思念的笭箵惊醒

我就这样，被无端的愁绪煎熬
没有那时的美酒，浇透

我孤独的闲愁
没有那时的红袖，为我添香

我现在只剩下登高了
我不再呼朋唤侣，不再酬酢知己，不再
为一朵落花写诗
不再仰望苍冥
不再和大雁说话

秋天的落花

秋天的花朵尽管很少了
我依稀记得
叫不出名字的落花，垂着
柔软的枝条，像那些年见过的水袖

秋风来，花朵落
粉红色的梦只属于春天
在这个欠缺春天的日子
怎能责怪
黄鹂鸟的舞姿

我不断地想象
天高云阔的外面
收集落花的诗句
在与秋风约会的时光
我要把一捧落花，带到旷野埋葬
而这时，总有一条河，静静地
从我的身边流过

一片秋心画不成

我戴着多年前从甘南带回来的帽子跳舞
场景和小桥流水的水乡是否吻合
我从不问秋风
那天的风有些大，但含情脉脉
没有之前的那一缕冷漠

我画不成天空，天空遥远，像我的
遥不可及的理想
我也画不成秋雨，秋雨是我上辈子的恋人
总爱，用她的温柔
滋润我的情怀

最终我什么也画不成，在午后
在水底的鱼刚刚睡醒的时光
在一只又一只大船经过的河道上
我站成一座灯塔，久久无言

秋天的约会

在浪尖上睡了一个觉，鱼把我叫醒
从此我将和顺峰山结成知己
其实我去过那个地方，鸢尾兰刚刚含苞
几阵小雨，梦一般，洒在我的脚印上
见过一条通往沼泽地的木栈道
斑驳的岁月落满沧桑

我早就学会深沉了，不像啄木鸟
一定要去深入一株大树的疾苦
也不去嫉妒顺峰山的丰厚
我在她的枕边酣眠，看着一个个秋天
来来去去

我已听惯了山里风和花朵吵闹的声音
我也收藏了一份芬芳的记忆
我想趁十一月和煦的阳光
再去看看山，看看湖
和众多来自各地的小鸟，相互赠送会心的微笑
我将去观音的莲座前，许一个来生的心愿
从此余生，都像山里的小草一般
开满知足的小花朵

柿子熟了，却又落了

不小心把你的童年，绘到一张宣纸里了
柿子是不是在你多年后的他乡
火红了你的心情。那个手挥竹竿的孩童
有没有，温暖了你风风雨雨的岁月

我也曾有过和柿子结缘的日子
那时的鸟儿还在我生命的天空里飞舞
惦记，像秋天的白云一般纯净
问候，比老树上的柿子清甜
道路两侧的向日葵，从不知道
悲伤和分离

从那以后，秋风一天比一天凉了
偶然抬头仰望天空
南飞的大雁再也没有回来
关于柿子，梦里
落满了草地

有个秋梦，似花似鳗鱼

晨光里，秋梦犹在
优雅的花，寄居于青花瓶的图案
该有一朵，犹如鳗鱼一般
让我领教她的生动
不只在水里，在泥沼里
还在二十四层高的楼里
她会将权力的光环
捏成一粒夜明珠
让我昏眩

这只是一条陌生的鳗鱼
没有心语的交融
分属两个不同的黄昏
似乎与诗歌无关，但又似乎和诗歌有关
在生存模式被藩篱囚禁的日子里
我不得不去敬畏
一朵花或鳗鱼
直到有一天看到天空中
一抹若无其事的云
消失在远方的视野里

大 雁

被一阵秋风从头吹过，忽然觉得累了
我隐秘的内心，有一个没有拆开的快递
我总舍不得打开，舍不得把秘密
被屋檐下偷窥的麻雀知道

但我可以告诉你，秋天的鱼
我很想做一只大雁
日间在天空飞翔，夜晚
就居住在芦苇荡里
任凭月光，从头顶浇下来
我想等待妖娆的山鬼出现
然后把自己弄得很累
再睡一个香甜的觉

我这一生，肯定比大雁看过更多的线装书
关于报应、香艳、春心荡漾
关于鲜笋洁白的身躯
在秋风乍凉的日子
难以抵挡的诱惑，可惜，那只是一个
幻象。我可以为目标奔跑
却不知道她在哪里

陶 罐

盛放感情的陶罐
被谁，赤裸着丰腴秀美的上身
然后抱在怀里，我看着你
葵花和太阳一起盛开
却没有独木桥，让我越过鸿沟

我就让陶罐在永恒中成为艺术
在和陶罐遥遥相对的秋天
种下白色的雏菊，种下相思和失望
然后在一间茅屋里，化身骷髅

我已经让怀里的风打开门走了
让雨去了大海，让思想化作白云
让欢乐变成了哀伤
我此刻望着空空的屋顶
究竟该不该，让身躯留下来

收获的日子

我没有你想象的好，做你天空上的月亮
这么多年了，我一直照着
你所有的园子，园子里的花草
我不是你想象的那样，勤奋刻苦
在下雨的日子里，会给你送一把
刻满唐诗的雨伞。不会
陪着你的闲愁去和风说话
然后从后面抱着你的腰，耳鬓厮磨

但我愿意告诉你，夕阳西下时的惬意
草蜢和螳螂追逐着
走向了月光的池子
在鸡蛋花四散飘落的时刻
我的眼睛里闪耀着，想你的泪光

山冈像睡觉的鱼

对面，是观音菩萨的金身
那么耀眼的晨光
你只能眯缝着眼睛。那边的鸟常常飞过来
念着动听的禅曲
双的变成了单
这边的鸟常常飞过去
偶尔，单的变成了双
你把头颅埋在水边，你是一条硕大的鱼
你载着我一次次的秘密
却不肯逃到河流里，躲藏起来

我再一次来了，秋天的野花不同一般
那些白色的细花蕾，总有几朵，点缀着黄或红
这让我想起那些年春风得意的日子
也想起我的青春像母亲的被单
只几年，就被岁月的泉水洗得发白

我是不是该去寻找遗失的情怀
情怀不老，只是个传说
一些行走时点亮过旅途的心灯

还能在草丛里找回吗
顺风的蝴蝶飞得很远
花朵追不上它的翅膀
阳光猛烈，一条弯曲的长路
我只走了短短的一截

午 后 想 起 一 部 书

会想起某个庄园
女诗人刚刚处在花季
她的诗笺被随意置于花园的一角，文字开满了鲜花
总有一两只可爱的鹦鹉或啄木鸟
在她的肩头站了一会，然后，嘴里叼着歌声
飞向幽深的树林

庄园里有一条没带尘世杂质的溪水，静静地
流过她的眼睛，她开始把诗句并成一只木筏驶向河流
中世纪的城堡飘扬着彩旗
河岸上，恭候着那位眼神坚毅而沧桑的白马骑士
似曾相识，那眉目，分明是我的前生，只是
河流没有让木筏停下来
蓝蓝的河水只流向天高云淡

是时候给你写首诗了

也许你已经忘记了
那个被我钉在木板上的日子
所有的人物都是过客，独有你
被我挽留

我想和你做那两颗流星
穿越风的浩瀚。或许有一个荒凉的土地
可以搭建我们心灵的茅屋
我们会在某一天清晨，给土地种满曼陀罗
如果你不介意龙舌兰
我去造一只独木舟，向中世纪的海盗租借
一粒不可多得的种子

我会记住一起看云的日子
天高云淡，总有一天，我回头看你的时候
你成了天空中的一朵云

轻抚一株柔软的树

我和你隔河相望，怕不两年或三年了
你的春天总有很多花开，也有
很多的眼泪，以落花的方式掉给我看
我曾经拾起一朵
余香犹在，三月的雨水沾满了眼帘
我把它埋到一个湖泊的山边
我点起一根烟，祭奠一段春天的情殇
从此除了眷恋，一切随风

我没有忘记秋闲的日子，让一只轻舟漂流
睁开眼睛，又似乎来到你的身前
忍不住想去抚摸你的柔软
你曾经的潮湿，仍收藏在我的感觉里

你一直站在时光的茧里，从熟悉到陌生
我不会被容许在你的身边站的
好久，好久
流水会把我载向远方
可是我只想等待今夜的月
从你的身后悄悄升起来

那朵模糊的花儿

当亲人都以叶子的方式向我告别
去一个我不知道的地方，而你
却以一朵花的方式，淡出我的视线

一场伤悲，不一定要像暴风雨来到
拉开序幕，然后看着小船的毁灭结束
我只记得那年秋天的草，孤独地
躲在骑楼的下面，听风悲鸣

往事的村庄如此荒凉和寂寞
荒芜的篱落，再也见不到春天的艳丽
命运里注定的劫难，只让爱花的人去独自忍受
从此之后，我像那只失群的孤雁，经历了
多少的伤感和徘徊。我遗失的春天
寻觅了多久，也没有找到

那一池的黄色睡莲

我走进了一幅画
满池的黄色睡莲，就像从夜晚
旅行到白天的星星
我不敢去摘它们
它们到了夜晚就要回去
继续以一颗颗星星的名义发光
如果它们回不去了
天上的人会下来找我的麻烦

我坐在栈道上
和它们默默相对
那么多不知名的白色小花
也在我的脚下嬉戏，仿佛，十月的秋天
只是一个无关紧要的名词
我没有画笔，可以涂写此刻的心情
但阵阵禅院钟声，从近处的古寺传来
仿佛是睡莲在诵经
让我一时迷茫，一时愉悦

仅仅是路过

我和少女们的身影
在一片开花的芦苇里，时隐时现
满山的鸟鸣，其实和谁都无关
它们只是快乐地歌唱着
简单而纯净的生活
可是为什么还要忧愁呢
我们不是鸟儿
偶然在头顶的天空布满了愁云
到了这里，愁就撒了吧
把它像一杯隔夜的茶水那样倒掉
走上木栈道，看看那些鱼
是不是还在睡觉
看看那些灯盏一般的睡莲
可不可以把它们的烛光点亮

其实，这仅仅是一场路过
我感到了诗意的洋溢
如果这里的安静可以全部送给我
我一定悄悄地发一阵呆
然后去对面山脚的红树林
看看，再回去

隐约的粉红

我从不怀疑，一株开花的树
和我，互相忘记，一树粉红

春天可以定格，风月也可以定格
花落了，不代表，落了
小桥流水是一支别人爱听的曲
我曾经看着花瓣从我的怀里走开
流水那么壮观，三千年修炼
前世今生，一只蝴蝶的依恋

我心里的墓室，很大
那是太多的粉红被埋葬
我一直在思考，如何，把墓志铭写得精彩
可是我一直很忙碌

我也一直在怀念
我不属于某个春天，我不属于地球
我属于那一场顺风飘落的
粉红啊，我可以出走吗
在日子的土堆里
在文字的嘴唇里

一个梦

你把车倒了很久
没有找到车位吧，你干吗留恋
这拥挤的森林
你不可以把一切放下，连同
走了多年的老父亲

父亲啊，你怎么那么伤感呢！
你不可以和我一样爱花吗
你不可以像我一样把艺术戴在帽子里
然后去一条河上，把平平仄仄平平仄
当成一群白鹭，让它们飞去青天

我只看到你躺在床上，孤独是你的护士
你心里在念叨谁呢
你的遗言就像一把刻刀
不小心把床沿雕成一颗心了
偏偏那是我，放在你床上的
会流血的心

今夜，我在诗句里铺上一束干草
给你温暖这越来越冷的秋

无力的水车

我想让沉重的水车

不停地旋转。不求转一生富贵

只愿清泉不断，让那寥落空洞的声音

把一座沉睡的寺院唤醒

把亲人的骨头和山间的花朵唤醒

我至今还在梦里，听白鹇的啼鸣

如何划破午后空洞的时光

佛一切安好，与我无关

而一座精神的大厦却在虫子的破坏中岌岌可危

我无力阻止，厄运的钟声连环敲响

只祈求，山里的雨下得密一些

溪里的水大一些，水车的叶子转得快一些

从此季节转换，把到访的秋天转成一滴鲜艳的血

禅 机

一

偶有一段腐烂的日子
新叶长在枯树的躯干上
森林静寂，蚂蚁附丽于，风的翅膀
我开始为一个迷梦苏醒
溪声不远，我的灵魂安坐在八月的胸膛里
一弯冷月，让我的禅思不符世俗
我让自己在某一个时段萎靡不振
让障眼法落满鸟粪，我的长矛竟然
被花朵的嘴巴包围，是一支柔软的歌曲
疲惫的人唱着，夜夜咳嗽
我三更起来，看疏星云汉，火车一列
亮着幽火，咔咔从我的荒芜碾过

二

我没有相思，远古的风筝
不辞而别，千里之外，依旧青山绿水
外加一座楼外楼。我的坚守

本可以纯净一些，本可以做一个无助的穿越
然而一只船，就这样在我眼望欲穿的瞬间
飘渺于一座蓬莱的云雾
你的青花瓷，是船里那捕捉不住的桨声
我沉湎黑色的钟摆，我用丹青涂抹千帆
千帆过去皆不是，斜晖脉脉
你不是我的鱼，你的远离，在这寡淡的酒杯里
我与谁引月一聚，别模仿我的多情沉醉
泥涂里的蒲草，怎可以，也说情债

三

钟情于昨夜星稀的木鱼，也请在庙群里
在众佛的注视下听我敲一响，你住在佛的袈裟里
我住在你的心里，别信红蝙蝠的传讯
彼此不祈愿百载千年，那野火的舞蹈
我随遇而安，结识文字的妖魅
让冬天的红草莓，沉迷于顷刻的诗行
我在舀干一条大江之水的时候，才发觉
那墓丘下面的湖泊，情商何等相似

只是所有的五律都不知道，我是如何触摸消失的痕迹
那时的雨珠，粒粒新鲜饱满，供养着我跳跃的字粒

四

我已经屈服于织布机的动作，我所有的重负
在清潭里隐伏，一圈涟漪
笑傲了几许江湖，桃花林下
我依旧为一尾鱼的曲线
倾倒。你的袍袖像妖怪的眼睛，也如
国画颜料盒里不透明的一色，别说通达
别说哀伤，落花盖过的夜晚，你芬芳扑鼻
你的身体是一根玉米，所有的虫蚁都不出现
我只是轻轻掠过，在你身畔，是你捉不住的风
风吹过秋天，我只对自己颓废
可是月光看我，我依然是那座屹立群山的城
一只鸟，又一只鸟，衔着红叶飞过

白露，或未为霜

忽然大梦初醒，从这一天

只爱天空和雁群，以及，一个流浪的背影

教我如何学会做一个小偷，悄悄

在你放任秋风吹入湖畔的时刻

潜入你的城市和一颗久违的心

在你温柔的红唇里睡一个安静的午觉

那些我喜爱的花儿，都有一袭我钟爱的碎花裙子

遮住了一潭陌生的泉水，让我相遇而饥渴

也许，今夜寒星闪闪，冷月如眉

你翻开书卷的样子像芦花

我是那群不期而至的大雁

注定，你的湖泊有我为你掀起的涟漪

等你

我等着你啊，像一只红蝙蝠

烟熏火燎的日子，不及你的问候清爽

心壁陡峭，那是生活为我设置的障碍

我放了好几次独木桥了

你为什么不让你的文字款款而来

就像一盆面，粘住我在秋天里所有破碎的爱

我放弃了昨天，诗歌像杨柳，弱不禁风

你攀折柳枝的样子，让一只单帆船

溯江而上，两岸猿声啼不住一江秋水向西流

你独眠的样子，如一朵兰花初带露

点点滴滴，冷了宋词，寒了唐诗

我在楚国天空下等着你啊，只因你是我的手心

放不下的一块碧玉

秋 水

秋水没有伊人
鲤鱼从未谋面，我的王在一个早晨
驾船出海，一网
捞起昨夜破碎的水滴
总有一滴，是微笑的相识
像隔世的那只，桃花山下的萤火虫

秋风凉爽，把帆扯起来
船是脱缰的野马
王知道前面是什么
王什么也不说
没有心动的相约
别人依旧在为梦乡沉醉
而我知道王的心里装着
一个转动的陀螺

秋花

有很多种，像一件衣裳上的彩色纽扣
那特别的，我多看几眼
其实它挂得很高
我想抚摸是有距离的
掉下来的一朵，那叫落花
春天悲凉，秋天也悲凉
落花是无奈的，它精彩的日子
也只在寂寞里度过，知道的
只有路过未曾缘聚的那些蝴蝶
我其实很喜欢会写诗的花儿的
我可以看到它们深情的诗歌
却看不到它们，棱角分明的嘴唇

秋 树

山里有着我不知道的秘密
一棵树的经历，就很深沉
如果前朝的樵夫
给它一个烙印，它一定不会忘记
如果天空给它甘露，它也不会忘记
树依旧很茂盛，关于生存的压力
只有树知道
我从山路走过，带着满腹诗意
很容易忽视一棵树的存在
直到一只鸟儿在树桠上筑巢，歌唱，品茶
直到树底下的绿萝，寻求一个坚实的肩膀
直到陌生的花朵，在树根旁歇息、微笑
我才知道一棵树原来很重要
可是已经秋天了

一 滴 酒

在某个时段饮下，一滴酒
它就是墨汁，染黑了长夜
虫子自我陶醉的三更
我无法控制内心决堤的洪水
撞击那不相干的石头
偶尔会在某个时段，做一些后悔的事
然后，看到第二天的花树
满地的泪滴，风都擦不干
好多纯净的时光就这样被耽搁了
以墨汁的名义，略带优雅的放纵
忽然觉得很遥远，供我抒发诗意的铜雀台
自从没有了魏蜀吴，没有了大乔小乔
只有秋风送来阵阵寒意

花 树

在秋天里相遇
我与你已不是那粉红的缘
我在星空下织梦
合掌，成为敦煌壁画里的假想人物
世间的富贵，那么揪心
一杯酒就让我不能自拔，我的灯笼
要照见多远才算合理
我随意把行囊挂上你沧桑的枝丫
骆驼也要睡了，我拆掉内心的城墙
和遥远的一朵亲吻，和最近的一朵谈诗
武士锐利的开山斧，挡住了一念
我手拈柳枝，十二贯铜钱完好无缺
秋光在合理的范围内，缓缓流逝
从此，我不再说相见不如怀念

一弯牙月

偶一抬头，你略带得意的微笑

让我说不出的倾心

秋天可以不来，叶子可以不落

柿子和稻谷可以只为你而红或黄

我内心的溪流，愿意为你留住一群生动的鱼

我一反之前的思绪，不再索取月光

不再寻觅高原上，那雪白的牦牛骨

我把一无所有，挂在胡杨上，把一缕秋风

留给某一个诗意盈盈的午后

只因你是从我诗歌里溜出的一只词语

是我前世今生刻在骨头上的因缘

花和一座村庄

只是一转念，秋光在一个河流的岸边
一切都不是我设想的那样
禅音横贯鳌鱼和麒麟的耳朵，明朝的四书五经
跟石鼓一起失踪了，那些曾艳美鲜嫩的藕
不及一丛网中的花忧伤，临街的窗户
关不住秋风，可是谁知道
那琴声会让一千只燕子，静静经过黄昏的巷子
为不世的优雅，爱或缠绵
我已经忘记了，桥上桥下，谁的轻舟咿呀
那过往的风，像很厚的颜料
盖住了画纸上的一笔浓墨，隐隐
是午夜若有若无的抽泣

清河西路某某号

一窗的空阔，你来，风可以不来
风的柔软，在南往北的路途
风的沉吟，写满了空气，写不进我诗页
都是匆匆，都是一杯故土的清茶
疲倦的是重复的时光，不是我的心
我又为一朵落花含愁，在一幅去年的画中
太多的感伤，其实不是枯燥的沙子
它是林荫道中沙沙的落叶
树林中有一片天空，是我的蓝
是海的呼唤，是某一个秋夜，箫声中
漫不经心的遗忘

梵 · 高

你不该生了一只捕捉阳光的手
累了，切下一只耳朵祭奠乌鸦的歌舞
然后你把生命，种在麦地丰满的乳房里
你让马铃薯以及与你有过枕席之欢的葵花
情何以堪！我透过黑夜观看冷月的微笑
秋天是你吐血的画布，在一条河流的末梢
我茫然若失，我不是你，不能听从乌鸦的指令
接过你那一杆枯萎的笔
而是我打开诗歌的口袋，把你的光环扔掉
装入你的灵魂和悲伤，以及乡村客栈
遗落在泥土上的黄昏星

墨 韵

纸上的烟云、村落、溪流，我沾满颜料的手指
为谁营造了一个隐世的桃源
我把诗心埋在应该埋的地方，青山的空翠
打湿了鸟的诗卷。一叶扁舟去了远方
只有我还留在溪畔，等待山谷里一树的花开
桃花是去年的桃花，落了的一朵
还住在我的心里，如果念念不忘，我会去
佛前，念一本心经
明年，我们依旧在四尺宣纸里相会
依旧在曙红里加些许钛白，渲染出
千娇百媚的你，忽然，哑然失笑

画 债

我前生欠了你的情意，今生用笔墨还吧

记得一个陌生的黄昏，我扶你走过了溪桥清梦

你不必再用杨柳一样的腰肢，轻拂我失意的春天

我买舟东下，东方的岛屿，没有谁比我更懂得两情相悦

江南的婉约，都是印在青砖上的

一把雨伞，如何挡住转角处，那一弯出墙的轻愁

秋水漾月的清夜，方寸之地，让我领略风的温柔

我可以拒绝第二天的阳光，第十二天的鸟群

第一百二十天的昙花，却不可以拒绝

那个虚妄的诺言，我一直惦记着

珠江的帆驶向了落日，思念的晚霞驻于树梢

而黄昏孤独的炊烟，飘向了谁的天空

画 情

画面上的鸿沟，本来就很宽
鸟儿可以不必告诉我，飞去对面
把春天叼过来。但做不到，把你的心也叼来
你是对面山头上，那一朵带雨桃花
我也曾想过，向蝴蝶借一双翅膀
装作若无其事，偷走你粉脸上的露珠
我也曾想过，把月亮镶在村庄后面的天空
照见轩窗里，你盛放的满瓶清香
后来什么都不做，我就和你共度一个春天了
只因，我用一根长锋狼毫，轻轻地
在溪水湍急的沟里，画了一座小桥

五台秋色

它该有多好，我没法如一只巧舌的黄鹂
唱给你听。但从停车场出来的刹那
我被秋色感动，陌生的闯入者
如果有一颗善感的心，易被
蓝色的溪流和苍黄的山色俘获
其实，我此时的心，只想被爱情俘获
我眼中佛祖是变换的灯盏
禅思是山中任意的一只飞鸟
那么多的善恶，可能，仅仅是佛座下的尘土
我如何理会那么多
我只看偶遇的花朵，从显通寺开始
我的内心开满了仙界的奇卉
某些如花千骨的感觉，如细雨
点点滴滴，挤满了心间

五台传说

关于出家的杨五郎，关于顺治帝
让传说中的五台悲壮而纯情
我绕着梦幻的山路，进入清凉寺
怎么也找不到金庸小说里的神秘幽远
在翻飞的黄叶中，我读出满寺的荒凉
只看到远山很厚重的脊梁，扛起了
一半的天空。我从乾隆皇帝的诗里
触摸字粒隐藏的古意
生活和爱情无非是一树载满荣华的花朵
在我来之前的暮春都落了

晋 祠

为一丛丛菊花点赞，是我的晋祠
祠中的风月比任何时日都有韵味
我眼睛里酸涩的年华，仿佛不及一些古树重要
八百年、一千年、三千年，它们该见证了多少
不一样的天空
一座祠你落满了人间月色
我只盼从此穿越，偶遇李白、苏轼、屈大均
我只想与你们喝大碗汾酒，什么也不说
我们踏溪赏月，和衣袂飘飘的仙子
和上一曲，从此一生沉沉入梦

长假

有一个叫作彩虹的朋友，从海洋的深处
过来。带来清凉和雨水、断树和悲伤
我一直和她相伴，她对我还算温柔
只是我去均安的那天，她泼出的雨水
让我在武士雕像的旁边，沉吟了许久
其实，我是喜欢这场雨水的
秋意微微出现，一个个安静的下午
和诗书对话。读朱淑真、屈大均、李云龙
字粒里的江山，不会破碎
我也在营造这个江山，至今
还在担忧，里边的花朵不够清奇

莫奈花园

曾见过的花都不见了，那是春天
在秋天我要奢求什么
木椅子午后的酣眠，让我依旧有一个梦
柔软却不可触摸。含毒的红果子树
撑开了一把巨伞，在无人的角落偷偷
伤心。和十月初的雨水那么默契
我只想爱着什么，一座城或一朵花
我为什么要透过大门看城市的天空呢
那里的空气不怀好意，仇恨和怨言
是人心里天天制造的垃圾
让我爱这里吧，一年一次也可以
我只想偶然看到，草坪外面的河流
垂柳和清波上的盏盏，睡莲

逢 简

逢简是我这个早晨最后的一首诗

之后煮早餐、开车上班，让第一天假后的车流

把我的情绪定格在城区

这个时候，会更加喜欢前日捕捉的宁静

略满的河水，挡不住舟楫来往

国画被永久定格，那是我的记忆

一个不期而遇的咖啡屋，关住了许多春色

也许我也被关住了一会，在一个雨滴不大的午后

咖啡里荡漾的情结，是不是该邀你过来

看看河边的落日，新建的牌坊

以及，百看不厌的杨柳依依

总有一些故事在这里发生，深层的颤动

和偶遇，至今不为人知晓

垄上的秋色

一身绛黄的衣裳，如同皇帝刚刚上朝
我在你的平铺中寻觅龙的图腾
可是野花刚刚骑着昨夜的马
去了远方。野花不是我的思念
是陶罐里深藏的，陈旧斑驳的爱
我要淡忘快乐的宫殿。那垂柳万千的姿态
遮蔽了，深秋古庙的红墙
没有欲望，我不烧香拜佛，从此不可以
灯红酒绿，不可以软语缠绵，不可以
让一只十月之杯，载满我的平湖秋月

秋天的生活

我习惯着秋天的一切，暧昧的
眼神，淡淡的烟草味，冰凉的小手
我喜欢对着她的前世今生，说一些鸟儿才听懂的
笑话。那隐秘的小腹，开满这个季节
最美丽的格桑花。深情的对望
和野性的月光调笑，又有什么不好
当铜钱断了线，叮叮当当掉进
秋天丰腴的泥土。结绳记事的时代
都被篝火抹杀了，一切重新开始
我将去长亭，和芦花吟别，和憎恨的昆虫
说一声珍重。世界不因我而在，不因人而在

在秋天不会遇见你

风转着弯，从北极的冰窖到来
空气如一块切开的柠檬
散步在某一朵牵牛花的嘴唇里
亲吻不属于某一个人的秋天
尽管我很渴望，到你的眼眸里游泳
像一个一丝不挂的男孩
花都是有条件地开放的
所以要经过跋涉，像一只狼一样恐惧
所以我决定不会遇见你，不会
在一条船上和一片黄色的银杏叶里
遇见你。不会在
鸟儿有些张皇的季节遇见你

秋天到处是风马

经幡像一杆枪那样竖起来，大地开始
装上轮子奔跑，白色的骨头
却要躲下去，深藏在野草的肚脐里
可是你们为什么要去巷子里
把野鸟都搬走，野鸟是饥渴的一群啊
我同样饥渴，在风马不来的时刻
我触摸没耐心的花朵，经不起一阵青虫的揉擦
在秋风友好相处的日子，一切都那么鲜美
风马那么鲜美，石头那么鲜美
我一路和秋天勾肩搭背的足印
也那么鲜美

哦，芦花

在秋天未老、冬天未到的黄昏
到一条河流去
忘记自己睡在地下的父母和他们的骨头
忘记一座庙里的和尚和他的汽车
让花儿抱一抱疲倦的鞋子
岸上都有一些什么样的花儿，我依稀记得
不能用世俗的标准来衡量
那些丰盈的季节，都留在石头的微笑上
我只须陪着荒凉，轻轻地走过落日
远方是那些芦花，摇曳的
和白鹭朝夕相处的芦花

秋的诗情像一碗溢出的水

要善于健忘，长裙或媚眼

别在别人的拱桥上，听月光和杨柳偷情的欢声

空寂无人的沙滩，那么美好

鱼的骨头，那么美好

开你的汽车，那么美好

想象和一张陌生的嘴唇接吻，那么美好

所以我总在画室里，坦然接受秋天的手指

轻轻地敲击我的心扉

我决不会不让内心的鸟儿出走

一切都那么自由，一切都那么拘束

那些翻开的泥土，都拥有了自己和我的露水

秋 晨

并不安静的上午，鸟儿快速飞过幽深的树冠
想跟鸟儿说说话，有点难
想跟自己说说话，好像没有必要
这是位于古镇的杏林，云落于池中
锦鲤追逐日头，自然在设置假象
而我孤独地张望着可以让我温暖的视觉
桑叶上的蚕宝宝，在我的视线之外，独自玩耍
我只想把她带回去，送她一个
和风细雨的季节，只想看着她美丽蜕变
给星球，穿上她巧手纺织的丝绸
一转眼，天地再华丽五千年

关于南方的秋

只因去过北方，才知道什么是南方
见过向日葵在高原上伸长等待雨露的脖子，才知道
海边的葵花为什么那么滋润茂盛
我幸福于这里的绿，以及和南海接壤的江水
一不小心，尽是情意绵绵的鱼群
那些卸掉白帆的船只，却可以
把古人离别的伤感，轻易抚慰
为什么不能原谅，一座城消化不良的肠子
又为什么，不可以，关注街角里
流不走的秋色。以及，天台上含苞的小菊
我等待着，满园芬芳的日子，一只小小鸟
就要站在我笔尖的树梢上，送我前生梵界的妙音

暖 秋

破茧而出，我来自一个梦境
名节穿不过穷苦的巷弄
关在泥砖屋子里的人，硬如石头
海阔天空，那是神的广场
是非模糊淡化，一座八个龙头的庙宇
可以祈祷潇潇的风雨，诗人你肩上没有
写诗的道义。情爱偶然失去控制
床笫依旧设计上演爱恨的舞台，谁与谁
在远方的鱼沼里挣扎
最后的柴火，烧红了我和另一位诗人的微笑
道非道，非常道，八百年，路畔树木的江山
要那么长干什么。莫忘了自行车的铃声
载满了悲伤，小路被轮子无限延伸
走不出村子的昆虫，略带秋天的伤感

遥 远

水流声和窗外的墨色
把谁的郁闷扩大化了！怅然若失
爱被病魔掠夺，阳台上反复的昙花
你开了一个新的世纪，观音和你相对
我隔着尊神和你相对，词语相对枯泛
我不喜欢随意赞美，你们在窗外
会有一场诗词的交换，酒肉横陈
冻死骨的秋冬那么遥远，往事那么遥远
青翠的竹叶也那么遥远
可以脱离饭盒的诗歌并不遥远
可以凭什么来自负，感情的鱼圆滑无鳞
桑基下，你或你是谁的盘中餐
我并未远去，想做你或你眼中的沙子
世界荒凉，加工衣服的马达声，从窄道抵达

夜

在某一个夜里，秋天或冬天
我点起一堆火
照见，蓝色的石头
它是我的朋友，它也是迷惘的朋友
我卷起裤管过河，船只笑话我
我发现河水仅仅打湿了我的裤脚
生活的浪花打湿了我的裤脚
我在火堆边烤火，吃了
两个野果，思念一个对我好的人
我唱歌，嘴巴却飞出了一堆萤火虫

小 鸟 儿

我偷偷告诉你，我看到了一只和我有关的
小鸟儿。她在斜阳的怀抱里睡觉
我只是一个卑微的人
我有一双伟大的手，小鸟儿
如果你半夜醒来，你可不可以笑纳
我送你的漫天星光，可是你不知道
许多人都在模仿我啊，我的长短句
我决心明天就去金庸的小说里
把约定和使命的字眼挖掉
让那些平庸的人，都跑去古龙的小说里
看楚留香喝酒，看我喝酒

汗血泥土

黑色的表层下

黄昏的霞，是泥土的颜色

泥土挤出的奶，叫泉吧

十年前的泉，滋润了少女的乳房

为什么却把我，像一只蚂蚁

冲去了远方。看不到南汉皇帝的船

看不到狩猎的秋风

你依旧殷红如血，我和少女的感情

也如血。我们在一个白天

倾听鸟儿的哭声，水里的鱼

学不会如胶似漆，注定今生和水无缘

和泥土有缘。从此，我将去找一块红色的瓦片

和它有关的红色回忆

可是，村口的三棵树，再也没有了

西边有符

我用一张白纸，画了些符
你的眼睛不一定看得懂，你的心看得懂
这就足够了，偶然很好
冬天也可以谈诗说爱，谈山谷里的小溪
从桃花的悲伤中走不出来
从漂母的河流上走不出来
我也迷失了，差点从牵牛花的嘴唇里
走不出来。幸亏我是那只
蓝色的萤火虫，不在乎
路有多黑，世情有多黑，对我有看法的人
心有多黑。只要你好就成了
我偶然也好。书叫云落山溪
鱼有没有在溪中，不必想那么多
反正，太阳总会有的
照完了古人，照今人，照未来人
再怎么进化，一张符，注定了生死

二十六首诗歌

那时我只有小白，还有一个祸福所倚的梅州

那时我还不知道，瘴气在河流的山脚悄悄蔓延

我日后深陷险境，差点冲不破重围

是林中一只小鸟的呼唤，告知前生我欠下的宿债

要用一千个日夜的雨水来洗涤相守的痕迹

我开始喜欢孤独而陌生的岛

留意冬天的风向和暧昧的灯光

一滴水多情却又跑得不远，只有诗歌

可以记录那些个起起伏伏的波浪。江风

都很柔和，所以一直没有打翻江中的船只

我用诗句的绳子打一个结

绑住白帆，一起走过镜花水月的日子

我写了二十六首诗歌，打了多少个结

一只鸟儿应该知道，或者故意忘记

但它努力张开翅膀，也没有飞出一张网

当日子被月光涂了一层淡黄色的膜

太多的省略号终于派上用场，是我

给小鸟打开了一个蔚蓝的天空，从此

岁月静好，白云悠悠

只有一个仰望天空的人，却愁白了头

长洲岛

谁在一个我毫无心理准备的傍晚
从手机里轻轻呼唤我的名字
远方一个陌生的地名，从模糊到清晰
本该给岁月的尘沙覆盖的往事
又一再暴露。烟花是不是
绚烂多姿，熄灭也快
谁还在抓住往事的尾巴，独自感伤
我记忆的仓库
堆满了曾经的故事、歌声和含情的眼睛
缺少编目，分类，上架
是一个不合格的图书馆
可是，那些触动心灵的书籍
如同我的第几个手指，触手可及
如同大榕树的鸟鸣，啄沉了通红的夕阳
只有中山公园的白鹭，依旧旁若无人
在荷花盛开的季节，飞过我寂然无语的时光

季节的吟唱

谁不肯孤寂冷去？借了初夏的火炉子
照见这白天的心情
天空黑得很快，我在从南往北的车上
夕阳就在我的车窗右侧，伸手可及
来不及有很多的沉思，岁月静好
一条路，树守望了五百年
谁还在意花落花开，琴弦断了难再续
当心里堆满了生活的杂质，许多曾经的执着
像可有可无的日历，撕去，或不撕去
它都要离开，像那年，忽然的离别
天空依旧精彩，云来云往，星星分布四方
嘈杂的歌厅，还会有煽情的歌声，让某些人迷惑
我好久不去了，与年少轻狂，与多愁善感，说一声
永别。小区的紫荆花
像雪花，开满了树木的头颅，也落满了
我的座驾，在每一个匆忙的清晨
内心的惋惜，常常被旭日的剪刀，咔咔剪掉

漫 游

终有一天，秦会改变六国

粮草和运河同等，是帝国的肩膀

礼仪和慵懒同等，是一件华丽的衣裳

穿着招摇，天上的鹰会丢下一堆冷笑

路旁的树，经霜枯萎，乌鸦为了一块肉

等待猎人和狐狸

我的出现，像异地手机信号

漫游郑国或齐国的城楼

去和冷清的灯火，说一声

狼要来了，可是我没法把二十一世纪的太阳

借给燕赵韩魏齐楚

一场杀戮过后，冬天干裂的泥土是不是喝足了

战士和征马的血。历史的伤疤要多久

才可以让黄河不再改道

我无力像荆轲一样，唱一首壮烈的歌

喝一杯不归的酒。去易水之滨和生命决裂

我只想去山里

守望家园，竹篱茅舍，一群鹅

摇摇摆摆，走进我虚无的草地里

水葫芦刚刚，把长帽子竖直

装缀了一朵朵紫色的小花

相 约 优 雅

我不能阻止，桃花的红，流过
我的脚趾，不能把朱红的斜阳
挂在我茅屋的屋脊上
做我夜里烛照心灵的灯盏
不能把你午夜的文字，泡了酒酌饮
但我可以，拒绝空虚像水滴
流经额角的河流，可以经常看看天空
云朵，从不寂寞的雁群
在一个西风微凉的午后，品一壶茶
写一组平平仄仄。丹青和文字的泥土
已经习惯我的播种和耕耘，习惯回报绿叶和花朵
不能不知道，落叶也曾相爱，飞花也曾多情
彼岸冰封的心，只需一个微笑，以及
一只善意的轻舟
篱笆之外，你若携酒而来，请莫
用一把伞遮住这柔若无骨的月光

寒山寺

初秋斜阳下，你真的寒么
汽车的噪音，穿透
围墙和枫树，穿透一首诗的孤寂
没有舟供我夜泊
我怎能等来唐朝的钟声和冷月
只求今夜艳遇，求佛许我
和腰肢袅娜的风，来一个拥抱

八月之杯

它是古铜色的
盛满太阳的光泽和秋天的酒
我端坐在酒杯里
十八株桂花树和她的蚊子惴惴不安
天气变化太快，蜗牛的叹息那么忧伤
它自从走出狭小的寒庐就再也回不去
看着性命的烛光一点点在
黄昏的风中摇晃

八月之杯啊，楚歌时断时续
天空之城已被恐龙入侵
雨水就要下了，一只小小的鸟儿
你要在谁的爱心里飞翔
我和你相伴的时光，泉水在血管里流动
也许，途经的牵牛花都是杯子
盛满盈盈的笑意

我不许这个季节所有莽撞的水手
把泪水咽下，却把风月泼掉
说好八月之后，九月启程

我为你珍藏的诗，只等你到来才开启
说好，我只许你
一杯夜色温柔

曾经有你

你骑着时光的白马，从若干年前的驿站出发
这时风把落花送到我的脚边
白云遮住了我的双眼
想起那个月色迷蒙的夜晚，凉风有信
一些诺言像竹叶，整晚沙沙作响
我轻轻走过你眼睛的河流
水滴蓝得有些可怕，可以照见
玻璃的心事
那些个宿命的桃花
就这样飘落了，铺满燕子呢喃的石头
以及我的一颗饥渴的心
可是还是要感谢你，让我拥有那个月夜
蜗牛和露水的爱情，从此
一生为一场永远的别离
种下一片伤心的芦苇

中 秋 夜

南方的台风不来，月亮打开天宫的门出来了
和人间的我默默相对
我在听歌，刘珂矣或风飞沙，或吴侬软语
只要好听，歌就成了经典，千年不老
如同月亮。李白也不老
花间一壶酒，对影成三人，连提着灯笼的小子都记得
有月光的夜晚，我像住在月亮里
推开月宫的一扇窗
我能看见你，摊开红字小笺，写满相思
我能看见你，和窗外的芭蕉对望
一炉香，一盏茶，都和月亮有关
泛舟赏月的梦就留给明年吧
明年的岁月山长水远
但秋天一定很美，日子像丰满的石榴
粒粒甜美，略带诗意的酸涩

秋夜无眠

失眠的青虫，对我那么好
它给我脑袋涂抹的液体，一定是
风油精。所以我看外面的灯光
像鸟首的大嘴巴
月亮最近对我冷淡，也许激情过去了，剩下的
是一堆燃烧过的灰，这么些年了
堆积的灰，可以种一亩地了
我很想求证巫师，我在这亩地
种出一片遥远的时光可不
如果这样，一定会有我不认识的花朵
和我照面，微笑，相逢不用等待下一辈子
也一定会有，天边的流云做了我的屋顶
我在云朵下除去薄情的草，把血液
浇灌曾经的缠绵，把爱插上标签
在牵牛花睡觉的卧榻边，以一文钱
卖给路过的火车

别旧居

今天把门匙交给下一任房主小黄
相伴 20 年，在冬天我们握手言别
你将继续在城市的北边
看云，看落日中的归鸟，看月亮像一只弯牙
我则在东边回忆与你相处的日子
20 只飞鸟相伴的鸟笼歌声四起
其实也有哭泣，因为自由
300 朵冬天的蓝色牵牛花，曾经被寒霜
冻得耳朵通红，但别具韵味
月光下的夜来香，散发着野性的光芒
香透了我稚嫩到成熟的文字
直到笔墨的线条，乘着纸张旅行
从这里出发，走向外面的世界。我深情记住你
记住生活的骨头，曾经像石头般刚硬
记住春风敲窗，略带羞涩的温柔
记住远方客人的笑容，萍踪如同一首意象丰满的诗
任季节的棒槌怎样敲打，还是那么新美
你有太多的美好，让我依依不舍
但一生的渡口，总有一次离别
从此跟你说再见，我会经过这片天空的时候惦念你

惦念冬天的阳光和夏天的细雨
惦念你未来的活力，像秋天的山楂树
挂满丰茂的果子

我在一条河流边

云朵像黑色的石头砸下来
我拔出佩剑，刺穿云，雨就下来了
花儿们都没有雨具，我怎可以躲进
蜗牛的壳里。这是某个秋天的傍晚
船只上的鲈鱼等着我
这野性的肉我吃过，只是不常有
我臆想着中秋，唐朝和宋朝的分水岭
美人也爱文字和光影，曾经为荷花疯狂
可是我用一首诗结束了秋天，那时红叶还不红
地铁去的地方，人海茫茫，美人像水里的鲈鱼
我只看见了水的痕迹，从一片青青的水草旁边

之后的岁月，村庄的白头发，又添了几根
我内心的城墙，多了几个缺口
我依然用血肉之躯，坚守思念的城垛
其中，几只雁飞去了北方，几只海鸥
飞去了南海。我到了寒冷的时节
去看看寺院外面的石头，谁把经卷刻在我的脚掌上
让我日日听到檐前铁马的轰鸣
听到守更人的梆子，单调而零落地
敲碎了几粒伤心的流星

风吹去了西边

一个设想的破灭
那是风吹去了西边
我怅然和谁同语？小兽低低哀鸣
内心的溪水在冬天快要枯竭了
我遍寻一百个词语
也没找到喜欢的那一个
从一堆石头下去
我仍是从前那样，田地在不对的季节
不长花朵。我高枕陌生的小城
梦和桃色相距甚远
曾经的感触，其实缺少时机
这样很好，阳光很好，黄昏很好
我出入红尘，铜钱叮咚，有人说
白云在天上，雨在地下

有场雨，有些人

风敲窗，告诉我准备迎接雨
如果有酒，三杯就可
可是我忘了，中午我已经喝过了
腋唇兰陪着我，一个迷茫的午后

日子是跳棋，记住的
是着陆的位置。我应该是其中一只
深陷泥潭。来来去去
依旧是天上一轮明月，照耀幽窗
一堆黄卷，落寞给谁看

我答曰：雨
它潇潇下在梦境里，你那时正用一把伞
走过漠漠横塘路。路旁有蒲苇，有金钱草
唯独没有念想，释放到鱼的窝里

每一棵老树都住着一个神灵

我在北方和南方看到的
古松、柏树、梧桐、榕树或桃树
它们是沉默的，唯一的代言人是小鸟
我不懂鸟语，它们会告诉我什么
但我相信，树和村庄一样恒久
它们都知道长长的石板路
走过几代的人。牛羊的蹄印在雨天
都是一串串神秘的符号，通向天堂的大门
那些装进棺材被抬去山里的人
他们常常在半途逃跑，住进沿途高大的
棠梨、青桃、红柿子树的树洞里
他们不能被风雨左右，却能左右开花结果
我看到那些香的花啊
白得凄美，红得娇艳，绿得像梦
所以不要去砍伐古老的树木
小心神灵的符咒如影随形
而我总是以敬畏的心，瞻仰它们
为春天开放的最后一朵花
敬畏它们自然的枯萎，那是神灵远游去了
回来，依然一树繁花

痛疼的石头

你前行的路上
会不会遇上欺负你的妖怪
它出现的时候，飞沙走石
或有一块石头砸中你的软肋
像那些不公正的待遇
让你流血、痛疼和哀伤

如果你把砸中你的石头扔掉
不要扔在溪水里
溪水太浅，你涉足过溪
这块石头会触痛你的记忆
你把它扔到海里也不行
海浪有一天会在你毫无设防的时候
冲刷到你的脚边
你把它扔到野地
野猪的尖嘴会把它拱到你必经的路上

你还是把它扔到内心的底层
让沉积的红砂岩把它埋藏
纵然是梦的锄头
也不能把它挖出来

时光断片

这些个日子
石头的心是滚烫的
柔软的花草，接二连三
被阎王爷摘去
装饰黄泉道

一只以诗歌的花粉度日的鸟
也有彷徨的时候
它常在长夜里寻找月亮的爱
月亮的回答令人迷茫
那就换一个相约的日子吧
荷已亭亭，谁还在
黄昏的渡口诉说相思

我站在一块石头的高度上
目送白鹭翩然起舞的河流
河水像血液流过
黄昏的天空，肆意地
染红了晚霞

奎福古寺

山门寂寂，那是
只有一个人和一阵阵风
风从西江来，带着鱼虾感恩的使命
吻一吻，如来佛木雕的衣袂
风推着半山亭的紫竹
发出的声音和吟诵佛经一致

风推着一个人经过嵯峨的大殿
头顶是清脆的风铃，与鸟鸣唱和
经过栈桥，多宝塔在云雾里
露出半截身子，它每层四个窗子
如同四只眼睛遥望西江
蛟龙已经多年没来了
日月如珠，村庄太平无事

爱这没有人群喧嚣的午后
佛与我，彼此相顾，沉默无言

风 铃

它清脆悦耳的声音，一串串
掉进我的酒杯里
荣幸和诗歌相伴的你们举杯
一饮而尽，这前世带来的欢欣

在月光没有照进来的时候
我种植在小园的花都是不开的
我内心坚实的篱笆墙，只向
天上的飞鸟敞开

而今风铃提醒我，打开了一扇柴门
让牵牛花的藤蔓，挂满我们的嘴唇
关于一次远行的设想，似乎
撩开一座山的迷雾就可以了

灵谷寺萤火虫

佛说漏了嘴，佛偈便成了

树林里纷飞的萤火虫

汝若向善虔诚，推开性灵幽暗之窗

便有一只举着灯笼的精灵飞来

让汝安静半生

萤光照到，伤口必会愈合

粗糙的感觉，会像花朵一样柔软

把那些因为生活的困扰

丢掉的爱拾起来，枯竭的山涧

怎可以没有汩汩清泉

怎可以没有清风细雨，拂过

从这头到那头的，弯弯小路

西岩山

是谁在地图上划了一条线
从此你硕大的头颅，头顶有了分界线
西边是潮州，东边是梅州
老父亲种茶的茅屋在西边
暮鸟黑压压的翅膀，把太阳压下山峰
又把月亮赶出黑洞，最后一缕白烟
是伐木烧炭翁添上的木头在烤茶，就留给明天吧
可是谁也没有料到黑夜这么漫长
闪电像一把斧头，有时会劈错人
然后把悲伤邮寄给山下的妇人

父亲是寿终正寝的一个
他亲手制作的茶叶，掉进了谁的茶壶里
我是受他恩泽的人，饮了
淡淡的乡愁，弥漫了我的一颗心
我在想父亲走了之后，那白色的野花
是不是像我一样，爬上窗户
偷窥尘土密布的灯台

凤凰山

不应该在一个春天反复路过
救护车和我的汽车，略带伤感的轮子
会惊醒单丛茶香甜的睡梦
那年春天，我的父亲去世之后
我品出了茶叶自带的
淡淡忧愁。其实我是多么喜爱这座山
凤凰飞来之后，就不再飞走

最高的山峰，名叫乌崇
最古老的树，叫作宋茶
我更不敢喝下那宋的茶
那一定是宋朝遗民种下的
一树家国恨愁，末代宋帝
都跳入粤江自尽了，还有谁
在山顶遥望北方，泪如雨下

来自山上的茶叶，是那样牵绊
我的思念。日里夜里，茶汤像泉水
流经我的血管，化作肌体的力量
它是我饮下的乡愁，在我的天空
萦绕着，像雾像雨像云又像月光

秋 天

粮食是大地的灵魂
它们在这个季节
以饱满的浆果滋养大地
那些背着房子走路的人
那些把花朵当作毒液的人
对秋天的到来一无所知
对秋天的爱情一无所知

谁还能明白付出汗水的同时
回报并不是理所当然
我要向神农氏献上楚国的包茅、牛头
以及稻田里同步长大的鲤鱼
献上麦田里过剩的阳光
以及玉米地里珍珠一般的露水

谁也不知道下一刻的时光将会发生什么
但秋天确实到来，带来最圆的月亮
最清爽的风，好看的枫叶
以及沧桑过后韵味十足的年华

中 秋

这个时节，我想去宋词里赏月

哪怕只有别离的月光

茅屋外面，乌雀都向东南飞

稀薄的欢愉，像空气

可是那相思的绵长，每一阕都是千古绝唱

因此我期盼偶遇一袭罗衣

相伴去若耶溪，泛舟、听琴

听弦外之音，谁与谁今生无缘

多情的流水，尚有一夜的月光两情相悦

为何那溪水的深处，只有茫茫的白雾

也许，我该回去了

临安城里的酒楼，还有飘动的酒旗

一杯孤独的米酒，还未凉去

重 阳

鸟喊落了星星，霜风找了地缝儿
与土拨鼠游戏去了
这些天都在思忖
我的山峰在哪里
我要把杖履和灯笼
去和露水相会，去和桂花菊花
相会。石头要比夏天更懂得
体贴人情冷暖。要去折茱萸
在岭南，我只在詹海林的画里见过
它们颜色鲜红，就像是鱼的眼睛
在这个鸿沟遍布的俗世
我们不免冷落一些亲人和朋友
一壶九月的老酒
端起，未饮就先有丝丝惆怅

留 在 这 块 土 地

我知道，它很小
我也知道，外面的风吹不进来
但是我心甘情愿留在这里

我搭建了一间茅屋，开拓园子
和云水为邻。季节从来都很慷慨
总有许多可爱的鸟儿，飞来，鸣唱
然后又飞走了
我或会有一些淡淡的闲愁
那是因为月光常常照不到我的茅屋
偶然会记住夏日里送我清凉的微风
让我的梦寂寞而不陈旧

天空那么大
我也可以从墙上摘下翅膀飞去远方
但是，远方已不是我心目中的桃花源
我决心留在这里，种地，砍柴，养马
继续寻找山间的泉水
开一条清清的溪流。我似乎看到
鲜花夹岸，鱼儿游动
夕阳如同一个心脏，挂在天边

均安

我是喜欢你的
雕像后面的湖水，沉静犹如
我的诗歌。喜欢没有理由
许多物像都不知道，雨水、古楼、残荷、白鹭
后者那雪花般的自在，何必戚戚
岁月的流云，变换了就不再复原
犹如走过的脚步和相伴
我宁愿静静地和几片纯净的黄叶子相对
不谈缠绵、缱绻、欢愉和沉醉
亭子里的画图，总被打扰
还不如走进奎福古寺，拾一盏青灯，揭一块黄瓦
我内心足够强大，不信看不见的精灵
大约铁桥真可以渡过许多香客的迷茫
只是我安静念着那个，有风的日子
和远方，没法关闭的心伤

旧时光

别欺骗我，我已经走了很远的路
也没走到宋朝。别用花街柳巷说事儿
我的口袋里，还有许多银两
临安城的风，你喜欢就伸手掏去吧
自从西湖的红叶，被苏东坡摘走了一片
我生命的天空上，就多了一朵带病的红霞
可是我依旧恋着那儿呀，恋着
前世的酒债和诗债，秋雨中的相遇
和一条河流深情的相许。还有
一个暧昧的拥抱

在剥脱中焦虑

跑了好几日了，为一个天赐的恩惠
在古老的人群中，你鲜活是那一点红
线下别人的故事，关卿何事
阁楼里的琴声，走了很远，你该作何种选择
看看我吧，真的爱你，真的很爱你
你的回眸，有我的苍老吗
红尘相逢，夜是一杯红酒，我无可泄恨
搜遍口袋，我只剩下叹息了
别沾上我的毒，多愁善感，属于诗经
反复咏叹，谁是年复一年的别雁蓝天
相信季节，只有落叶不是梦，相信流水
只有大海不是梦，相信你，只有微笑不是
诗句里可圈可点的一个梦

相聚有你

秋风划过水面，我的心湖荡起涟漪
你的船只是美丽的天鹅
把我枯燥的日子用一堆柔软的羽毛簇拥
所以我有什么理由，不愿意伴你左右，走过
开满梭鱼草蓝色小花的河堤
倾听竹子拔节的声音
像彼此的情谊，又长高了几分
在秋天的下午，陌生的乡村那么美好
蝉和夏天回家睡觉去了，鲤鱼在水底唱歌
只有篱笆墙上的金色花朵张开嘴巴微笑
打量我们匆匆的行踪
走过小桥，我就可以摸到你的天空了
它好像就在一堵墙的后面
有星星像多情的眼睛，在墙头窥视
我不羁的诗情，潺潺流淌

拷问寂寞

习惯思想夜行的人

收起灯盏,让心飘进黑暗

一颗种子就这样孕育出来

一只蚯蚓就这样爬到了明天

我最近很少变成蚯蚓

我的触角开始磨损,去唐朝的马蹄铁也开始

磨损。山川都让雨水

雕刻成冲积平原了

我决心不种麦子,不种芝麻和玫瑰

不种疲弱无力的诗歌

然而,空空的大地,你该长些什么

我宁愿让泥土长出鱼,长出水

长出不舍的过去,让无聊的风

变成一条绳子,绑住岁月的双手

拷问寂寞,都去了哪里

所谓的因缘,都去了哪里

你们,一个又一个,都去了哪里

其 实 我 知 道

上帝让我找一条绳索
把松散的柴草绑起来，就好挑了
我一直愿意这么做，只是机会刚刚出现
我记得明天是黑色的周一
在这一天很多人过得都不易
我还要收拾行囊
去继续一场没有浪漫的旅行

在味同嚼蜡的事物之前
我清醒地认识到赴一场大海约会之后的人
比我更懂得生活的艰难
所有的欢笑，可能只是冬天的花
会比寻常凋谢得更快
希望有一个铁做的意志
相信明天的太阳会更温暖

我学会了在焦虑的情绪进出之时
用柔软的文字抚慰一颗跳动的心
也许你不喜欢像我那样
我确实医治了许多个不眠的夜晚

星星都很佩服我
在很大的风吹来之前
我躲不开，就弯下腰
没有必要被风吹走
想把我吹走的风始终都会过去

我只是一只萤火虫
照过自己，也照过别人
我的光芒那么微弱，感谢你还记得我
我们和诗歌同行，还有什么仇恨不能放下
如果不能握手言欢，何不
淡淡惦念，彼此都有诗歌的光环罩着

在多变的信息世界里
我敞开一半的心胸给陌生的人
我或会把感情的柴扉打开
把路过的你延为座上客
我可以不和你千杯不醉
但一定要告诉你，蝴蝶和花朵
相逢，不一定是一场阴谋

秋 梦

梦沾了羽毛，它就飞了
青荔庭院，这是谁的地方
一杯茶不是凉了，就是老了
鬼魂居住的青山，月光的花
从中元节开到中秋节
是生之无常，还是人情薄凉
到了年华的高度，才渐渐明白
秋水漫过的河堤，哭泣的不是庄稼
是戏水上岸的鱼
秋夜不漫漫，而我走入旧时相识的梦里
捡拾了几个往事的碎片

白 露

时间到了尾声，夜色抹去了
天空阴沉的脸色
这一天我没有欠谁的酒钱
大雁从来不会，因为我的呼唤
再飞七百公里，从长沙到番禺
展示一字雁阵。白露凝霜
近乎寂寞的夜，问候成了一颗种子
内心没有多余的泥土种植
试问来年，在哪里春暖花开

葵花和狗尾巴草

我用上天赐予的笔，含蓄地
为一个美人般的风物，描绘那一道令人心颤的眉弯
我会突然想起饮水词，会和走了四百年的词人通话
希望他睡着也知道，此刻的海边
天空像他腰间佩戴的一块玉那么青碧
葵花张开笑脸，看我在棚架下
阅读他笔下的婉约，以及风干了的柔情

就让他睡着吧，我的心是泉眼
我要为细雨写诗，为旷野的狗尾巴草洒一滴甘霖
自从在文字的神殿里接受启示
我拥有一双悲悯的眼睛，穿过牡丹的花丛
和低微的草木结伴同行，面对世间的幽暗
我只点亮了一盏灯，和簇拥而至的萤火虫
彼此取暖，在渐渐变凉的秋夜

一边是葵花，一边是狗尾巴草
我的选择并不艰难，我去一条流了千年的河边
守候，终于等到了像星星一般的渔火

梦幻的雨滴

不见

好多年不见了
好多个冬天
雪花封住了通往春天的小径
你看不到我的沧桑
我看不见你盛开的花朵
你或只为自己开放
简约素雅，有时悄悄艳丽
像一株被政令通缉的罂粟花

好多年不见了，不见你
不表示尘封
千里之外，2009年的风
凛冽，那送我到花园门口的老人
我好想
叫他一声父亲

好多年不见了
在繁华的都市
我想起你
仿佛欢愉就在昨天

梦 境

黑夜是个水仙头
曙光是它娇嫩的芽儿
在这个露水还在睡觉的凌晨
我刚从梦的画集出逃
做梦是个美好的活儿
我依稀看到
命运可以被曲解，平静的池水
荡起了波澜
我用一厢情愿导演你们的故事
没有很美好，却颇多磨难
生活的魔手
都将好人欺负了
都让花朵委屈了
你们不必在意，也不会知道
等一会，天就亮了

冷冬

一驾马车
从北方的雪地驶来
马车停下的地方
阳光和好心情都躲开了

我站在马车旁边
孤独成了唯一的影子
期待拥有一个红泥小火炉
炭火温暖结冰的心
然后清晰地回忆
那些年春暖花开的样子
相遇的微笑都像树上的花朵
我摘了许多
收藏在我诗歌的枕头里

如今我已经不想摘花了
我也不想到河边去看船
只怕,我去了
就再也回不来

葵 花

葵花是冬天里一抹鲜黄的霞
在我缺少绘画颜料的时候
就扯一片霞回来
装饰我宣纸顶部的天空
留一片在那里
给寒冷的往事充当被子

葵花其实比我想象的还要坚强
她沐浴寒风，一直站在那里
我有一次从她头顶飞过
她说那是天上的过客

葵花也许把我忘记了
该忘记的，忘记了更好
心灵的负担重了
飞不高也跑不远了

温 柔

有一天我在辞海里顺手一挥
就抓住了这个词语
她很好看，宛如我在天上见过的云朵

我留着又有什么用呢
我想送给水中的鱼，可是它离不开水
我就送给花吧，可是花的笑容
不只给我自己
后来我就把她藏在心里了

带着一片温柔，我坐在稻田里写诗
冬天的阳光和煦，溪水闪着金色的鱼鳞
天高云淡，风有些凉
我此时渴望一只小鸟飞来
飞到我的诗里
我好把温柔送给它

直到夕阳西下，悲伤的暮色
像洪水那样漫上来
把我淹没
我也没有看到小鸟的影子

开 花 树

树上开的不是花朵，是今生
入骨的浪漫。树守候了多久，才等来
那前世的情缘
它将一条山路，站成一条枯瘦的绳子
为什么又不能绑住
那一刻的留恋和不舍
我只记得花开了，又落了

开花的树，也把一座山，开得寂寞如花
山不会说话，只有小鸟唱个不停
可惜夕阳还是要西下，野草还是要枯荣
山泉还是要潺潺流走

那棵树，在特定的日子
默默开一树繁花
我在一首诗里认识它的时候，不知道春或秋，只见
风过的刹那，撒落朵朵清欢

野 草

它在我不注意的时候
悲伤的时候
茫然的时候
就长出来了
在我的心灵泥土上
开放着一朵楚楚可怜的小花

我知道心灵是不该长野草的
它与世俗的法律相悖
我也见到它的狂放
它收集了早晨的露珠
让时间停止走动
甚至，一点都不在乎别人的眼光

好一段日子
野草缠着我的思想
让我反复挣扎了许久

夜 深 了

有人把疲累洗掉
睡在一本诗集里，梦见
一段短暂的春暖花开
波涛就在百米之外，船儿驶向
和鱼儿约会的孤岛

有人和现实挂钩
像一头梦里出走的牛，挣破了葵花的栅栏
在住宅小区的草丛里
捡到了一个虚幻的红石头

这些不可以填饱肚子的物事
固执地生存着
宛如我今生不悔的选择
不必居住高堂大院
只要有一缕阳光相伴茅屋
推窗，是一地白茫茫的月光

我此刻最想
乘坐月亮的小船，到天河看看

也许河堤边开放着
不同人间的红玫瑰

野外，阳光像玻璃

我感觉冬日阳光是透明的
汽车轮子碾着它，发出清脆破裂的声音
我不忍回头看看
从城里通往乡村的公路
我害怕我的快乐，被回头的恐惧抢走了

阳光就是一块玻璃。软性或液化的玻璃
照着我抵达野鸭子的故乡
我在一朵朵野菊花的心房里
找到了芳香。浑然忘记
今天之后是不是还有明天

我开始寻找蜗牛的启示
在青菜的丛中，和曲折的生活对话
大约竹棚子还没有风化
对一朵牵牛的情感世界
幸亏我没有捷足先登
所以关于冬日
会有一个超乎寻常的记忆
只是在我转身的时候

池塘里有一个跳动的声音
肯定是鱼打破了玻璃
但我看不到浓浓的血腥
世界依旧在表象下完美无缺

冬天的梦想

像往年一样
我又来到了冬天的家园
除了紫荆树，花草们热情的笑脸少了
内心潜藏的希望，却比平时多了

那些碧丝一般的野草，变换了青春的颜色
那些小麦，选择了冻土
大雪是一张温暖的被子
掀开被子，春天就在头顶
那些清澈的梅花
她心甘情愿嫁给了冬天
是一个美丽的新娘
我在唐诗宋词里闻到了她的清香
我还听到了苍凉大地上飘荡着一首仙乐
像柔软的绸缎，触碰我的内心
冬天的静美
让我一次又一次被感动

夏天里我衣着单薄
让我的心灵孤苦无依

唯有冬天让我羽毛丰满
我可以在睡梦里飞翔
去做梅花的臣仆，此生无悔
去做麦田的农夫
彼此真诚守望
去做野草的露珠，在她
刚刚长出嫩叶的时光

念 头

假如我进入大地
血肉化为泥土
假如我体内的种子纷纷冒出
我该怎样识别苗儿

会有一朵葵花，寻找阳光
并不是所有的日子都会晴朗，但葵花一定会开放
她要给相遇的缘分一个温暖的笑脸

会有一株开花的青藤，缠绵温柔
那花不一定很美丽，但一定很芳香
只因，所有路过的相遇
都是前生的注定，所有的花开
都是修行的结果

会有一株麦子，丰满结实
浸满我劳动的汗滴
漫漫的旅途，山长水远
不一定美味，却可以为你果腹

会有一株罂粟，静静开放
她的美艳，只因内心的凄苦
愿你相视相逢，擦肩而过
千万别停下，看到
那些有毒的果实，迷惑你的初心

假如我不再醒来
不再写诗歌唱，不再像一匹无畏的战马
请你远离埋葬我的土堆

我 要 去 乡 野

如果心情郁闷，冬天就会变得很长
春天的希望就会更加遥远
我要走出去，去一片旷野
那里有芦苇悄悄站立在水边，和鱼儿低语
说到开心处，芦苇笑弯了腰
那儿有陌生的女子，弓着腰在田地里劳动
她们是冬天温暖的使者
那儿有野菊花，开着金黄鲜亮的花色
每一朵都像温柔的眼睛
那儿有天上的大雁，它们排成雁阵
唱着雄壮的歌谣，我尽管听不懂
但我喜欢它们飞翔的雄姿千古不变

风不那么冷了，阳光照进了心扉
我闯进一座荒废的菜园
牵牛花开满了篱笆
秋天成熟的南瓜、丝瓜、葫芦，依旧挂在棚子上
似乎和秋天恋恋不舍
植物都那么多情，为什么我

却感到生活的趣味像蛛网那般，越来越薄
到了田野，我开始审视从前和今天
快乐的泉水，渐渐
注满了内心的水井

寒 月

寒月，你是我在冬天最放心不下的牵挂
我很久没有看见你了
我抬头寻找你的时候
乌云刚好飘过天空

更深人静，一个人的孤眠总是不好受
我写给你再多的诗歌
也不可以像被子一样，温暖你的长夜
希望你不要在一首寂寞的音乐里
和忧伤的旋律接轨
我不愿看到你弯弯的眉毛下
流淌着两行清泪

不知道你有没有见到
我相思的神情，其实我很憔悴
我梦见了湖水
有你袅袅娜娜的身姿
却不可以拥你入怀

在冬季的午后

阳光点着一盆通红的炭火
烘烤着冬天的田野。这温暖的时刻
我踩着枯草，感受泥土柔软的质地
抬头遥望天空，很想此刻
有一群麻雀飞过来，只要其中一只
站在我的肩头，和我一起寻找那些肥胖的种子
我渴望田野的油菜花早点开放
用它的金黄装点灰色的日子
用它的芳香，灌醉这个
阳光饱满没有哀愁的冬日

我期待的麻雀没有飞来
也许它们都躲在窝里过冬
等待那些不合时宜的虫子
自动跑到它们的草窝里
哎，其实麻雀不是现实意义里的麻雀，像诗歌
它躲在灵感的小屋里，久久不肯出现
只有午后的农作物如同内容丰富的散文
一页页散落在蔗田、蕉地、水沟和屋顶上
让我弯腰收集了很久

渔 港

阳光如慈爱的母鸡
把一个本属寒冷的冬季，像捂鸡蛋一般
捂暖了。鸡蛋有没有变成小鸡
我没有更好的想象
但我确实看到，渔港里的菜园
菜芽儿都抬起头了
它们粉嫩的叶子
把天空撩得，痒痒的
天空涨红的笑脸，映红了大海
船儿踏着浪归来了
那些不幸被渔网捞上来的小鱼
成为节日的祭品

我站在鱼和船只的中间
有些惶惑。有时我觉得我是捕鱼的船只
内心的想法就像一张坚韧的网
那些鱼都很害怕我
有时，我觉得像一群无助的鱼
这个世界有多少人和我相似
走过了今天，却不知道明天

小 鸟

逃离我视线的小鸟
飞去了一座仙山
那里有灵芝蘑菇和云朵
有一座可以和天空对话的小桥
它今夜是不是跟神仙下棋饮酒吟诗
只有它才知道

我有些惦记小鸟
惦记一双并不丰满的翅膀
怎可以飞得那么远
我在远方的睡梦里回忆过去
似乎风很大
山顶上的阳光是一件粉红色的衣裳
浪漫美丽但不可以御寒
站在飞来石上的小鸟
如一只红色的蘑菇

假 日

假日或是，一个崩掉了门牙的嘴巴
那么多的心
在假日前夜化作一只只小鸟
从牙缝里飞去阳光下的大地
我抬头仰望天空，小鸟漫天飞舞
太阳神的马车都跑不动了
天河里的船只也阻住了
不知道月宫里的嫦娥还会不会感到寂寞

我也是一只小鸟，可惜没有翅膀
我记得我肚子饿了
发现所有的谷仓都给先到的鸟儿占了
我最后只得回去巢里，将昨天收获的草籽果腹
我还去了一个军校，看到那儿的游客
把挂在墙里的将军，挤得
皱起了眉头
我后来看不下去了
那么多疯狂的小鸟
终有一天
会把悠闲的假日吃掉
也把地球吃掉

一只空酒杯

一只酒杯空空如也
一只酒杯把冬季装进去了
却拒绝把我的无奈装进去
我在黄昏的时候离家出走
我去寻找一只装过烈酒的酒杯
找到了我就把马匹停下来
把一万朵凋落的紫荆花
塞进去，塞进去
然后我坐在江边
听一个女人讲喝酒的故事
直到我在她的声音中，变成
一只空空如也的酒杯

在江边

在江边没什么不好
河水是一条掉到水里的鞭子
我不怕你鞭打，在十二月的夜晚
你举不起河水的鞭子
没有鞭子我可以拥抱月亮
我决心和月亮谈一场清绝的恋爱
我拥抱着水里的月亮啊
有风吹过，芦苇哗哗啦啦地响

池 子

那么大，那么小
大是池里的鱼来自五大洲四大洋
小是我看着鱼的眼睛，鱼看着我的眼睛
总有些鱼突然让我冲动
我去山野里摘了一捧鲜花
献给其中的一尾
我们相距很远，空气中充满流星陨落的气息
我们相距很近，转眼，它有一个美好的背影
可是我依旧不认识它的名字
天空刚好布满鱼鳞云
一个太阳的脸蛋粉红粉红

梅 花

梅花穿着白色的裙裾
梅花有一双长长的眼睫毛
梅花很香，我在人群中打瞌睡
所有的人都是君子
只有我是小偷
这冬季的香囊，装着的都是闲愁
我背着闲愁走了很远
然后消失在一本旧书的字粒里
如果你是那可人的梅花
请在寂静无人的时光，打开那本
被雨水模糊了的诗卷

蘑 菇

我用写实的手法为蘑菇正传
蘑菇精神疲劳，欲望全无
没有欲望的蘑菇
放到清水里煮真的不好吃
所以，我愿
蘑菇像一粒粒星星
晃过我童年眼睛
我怂恿蘑菇逃离不见阳光的黑房子
蘑菇像一群快乐的小猪
围着草地走进了月亮的小船
听到蘑菇的歌声
我忽然后悔了，我不该也变成一只
流浪的蘑菇

乡 愁

乡愁像我的炉膛
烧得很旺，在春节临近的这些天
我的内心煮沸了许多开水
有没有知音突然出现，和我共饮
这杯苦涩的茶啊
来自故乡的茶叶，越冲越淡
只有山上的月色还那么浓
像一块成色十足的银子
可以买到许多鲫鱼，却买不到
老屋里父母的笑声
乡愁啊，就这样在异乡的街头
熬成了一片黄叶，在空旷的广场
被风飘来飘去

最后的花瓣雨

甲午年岁末

最后的一场花瓣雨

淅淅沥沥，洒了几点

不知道这是什么花，但肯定不是玫瑰

不是如意吉祥，却像欧洲

中世纪城堡里散落的白骨

一条河仅仅流了数年

河水已不是往日的河水

有谁还可以听到当日芦苇荡里

鲤鱼的笑声

丝丝的惆怅，像一根银针

在贴近心脏的地方

多了几个鲜红的针眼

右 耳 上 的 声 音

我不知道自己有多高
也不知道自己有多矮
因为那只是一个模糊的评判标准，我何必在意
我只想深入森林的腹地
追逐来自秦朝的花朵，以及她湿润的嘴唇
一群大雁飞过了
一群白鹭飞过了，又一群青衣鸟
在我的周围降落，变幻的鸟音有多迷离
我只是一个捕鸟者，该如何把握分寸
我曾把一个春天的衣袖
装进我的口袋，也曾把一条鱼
放回它的河流
我现在继续寻觅着，那似曾相识的鸟音
它应该就在我的右耳上筑巢
那声音始终是要出现的，像花，始终要开

小 巷

风经过，草弯了腰

鸟经过，天空被撕开了一条缝

一个长裙姑娘经过，她的背影

有我的眼睛为她画了一幅素描

当我经过，却低下了头，地下传来，马和盐的声音

墙上画着历史，阁楼上有缠绵有欢歌

有红白事，但月光是永恒的

在深夜或酒精麻醉的状态

而我究竟低了几次的头颅

草不懂记录，不会说话

鸟儿会说话，却装作不认识我

我告诉你

我是心甘情愿低头的，在某些时候

昂起的头颅和低下的头颅没有什么区别

只是我低头的时候，眼睛毫发无损

抬头的时候雨就要下了，我要像鸟儿一样

把放飞的梦想留在屋檐下

裹上蛋壳，拥一堆枯草。走出去

老辈人说巷的那头，是一片紫荆花的海

有多少人曾是花海里那只游动的小舟

小巷只会微笑，不会告诉你

冬天是这样的冷

只是一场霜风，阳光就藏到云里了
河流孤行的舟，没有灯塔指引
哪儿才是自己的终点。不去一条河流
如何知道冬天彻骨的冷
在某些时候，我是那一只夜航的舟
也曾靠岸，在陌生的渡口
遇到酒旗上斜挂的冷漠
也曾真诚想和岸边的芦花一起
走过风雨飘摇的明天，如果白鹭不弃
可以分享我网中所有的鱼
然而一切都不是我想象的那样
夕阳躲进了山里，鸟儿去了远方
雾霭像毒气，入侵我的眼睛
青山的背影，在远去的时光里
和谁的故事渐渐模糊

午 夜 的 火 车

在我还没有睡意的时刻
你开进了我的手机荧屏
你带来了烟，往事，铁轨和幻想
有没有一支禅曲，被寺院的风捎了过来
那儿山岳庄严，泉水低流，月华如水
寂寞如同桑叶，被思念的蚕吞吃
你带来了梨花开放的消息
长长的眼睫毛，娇媚了冬日的阳光
清雅不可亵玩，却可
入诗入画入一壶孤芳自赏的酒
你带来了雾，明天只许你雾里看花
我在远方看你，也看云
看雾一般朦胧的爱情，此生触摸不定

书房外下着雨

淅淅沥沥，雨水如歌
偶尔有几句凄清的余韵飘进我的心里
在这个夜晚，蒲公英不爱飞翔，云藏在海边
星星都把自己关在天空的小房子里
没有低诉的软语，内心的小船
是不是和你，比肩而眠
我假设一条河流的春天，梦的凌霄花
在你裙裾上曾经一朵又一朵开放
现在没有春天，没有流水，风拿着刀子追赶
孤独的小鸟。我只好再一次，让思绪飞扬
如果，你的天空已经白雪皑皑
请你在雪花上种一朵
勿忘我。如果，你已经红颜褪尽
请记住曾有温柔的时光，像月光
落满我不羁的诗行

阅读诗经

青荇葱绿的季节，秋风白露，雁鸣声声

在汉水之滨

我或是一滴水，流经你的江河

那黄黍之原野，藤萝的蔓

犹如爱情的思念一样细长

我可否，化身为人，赤脚到你的田中

陪你采桑，采麦，采葑

给茅舍储存一仓冬天的温暖

我欲做河边伐木之子，你若来浣衣

那鱼必定游于清波，鸟翔于梓树，狐鸣于荆楚

草木之华耀于眉弯，秾桃艳李

其情灼灼。你若不来

日月之光，悬之穹顶

我为你煮沸的一鼎清茶，必将渐渐冰凉

思 念 月 亮

微雨，冷风
我独自把惦念，嵌入文字的方阵中
思念你曾经的温柔
在缺少阳光的日子
照进我的茅屋
相见恨晚，缠绵如诗
流水知道，谁将一支哀婉的曲子
吹进飞花缤纷的时光
一株谁也合抱不了的大树，是不是将那软语
铭刻在年轮中，此去
夜色深沉，而悲戚是我嘴角的弧线

家门

第一缕阳光从对面的山峰溢出

蛋黄一般的颜色

覆盖着墙洞里的麻雀

母鸟有几分憔悴

埋怨乡人不懂感恩

自从古老的宗祠被革命的风抹去

太阳以及祖先

缺少虔诚、醴酒和红米糕祭祀

生命的厚度单薄如纸

所以村前的溪水浑浊而浅

没有流水相伴的落花

枯燥而凄惶

我写在鹅蛋石上的诗

像牛的脚掌那般粗糙

唉，我的心要去哪里安放

山峰依旧坚挺，像母体的乳房

那丰盈的乳汁哺育了野草

梦里所见，家门外尽是绿色的波浪

汹涌而来，淹没了所有的过去

羽毛

一根从故乡的麻雀身上
掉下来的羽毛
问过苍天，注定随改革开放的风飘走
在省城车水马龙的大街
星星曾嘲笑我的孤独无依
可是这又有什么可怕呢
羽毛粘满了爱情和种子
我找到了一块沃土，从此扎根
然后长成开花结果的大树
当我捧着甜美的果子，反哺故土
亲人的骨头睡在墓土里
一株蕨草，笑弯了腰

青山

我再也上不去了
路，不是长在脚下的线条
野蒺藜和灌木
各开血红和黄色的花朵
像秋天的两只耳朵
山上的白衣少年和一担松果
被树丛围困了
穿山甲会不会也被堵在洞口内
卷成一个无助的球，等待命运的刀刃
请土地爷快些从神牌里变身出来吧
把那段远去的记忆给我送来
我会在山脚的桐子树下
信守年少的诺言
等待折一枝桃花路过的女子

村 庄

方土楼，无尽的悲伤
被织进我的网状细胞里
谁的血那么猩红，之后被月光
埋葬在后山的石坎下
一丛丛桂竹都老了
你依旧只有五岁
谁坐在水井边，等待，幽冥的召唤
你终于要走了
那时的井水下面肯定有一场舞会
你是穿红衣的主角
第二年井边的葫芦瓜长得很丰满
不知道有谁捡到了
葫芦里那个可爱的孩子
风不紧不慢地吹着
我的祖父也要走了
他慈祥的胡子
挂着一首从深山凉亭里捡来的诗
然后一起装进了黑漆棺材
从此，我的梦变成一只黑狗
守住了那个虚拟的大门
半夜把我吠醒

暗 夜

上弦月的刀子
在黑夜里特别注目
几粒星子贼亮
要瞧这人间疾苦
墨色浓得化不开
灯火还在诅咒
砍掉人头的传说
血淋淋地留在塘基边
芭蕉叶像一把葵扇
把恐惧泼进，每一户的窗缝
猫的喊声，撕心裂肺
这就是我千年的故土
想起，我的骨头也会疼痛
文字也会变形

午 夜 没 有 预 约

我是那断线的风筝
在山的一隅
无花，无果，无悲鸟的啼鸣
来生的一丘田种下了什么
是岩石的坚硬，山藤的韧性，白云的根
还是心念里丰满的粮仓

寂静的风，吹过冬的纽扣
遥想春天的茶花
是不轻易解开的霓裳
而我，拥有了某一个时刻的滋润

回味着跳跃的光影
痴恋着那几分纯净
如同一汪泉水
此时没有珠子般的雨和手指般的风
没有和下弦月的预约
但内心，塞满了葵花的黄

夜入小洲

大约记得，你的脚步像雨点
湿润了鹅蛋石
某一个时光的流水
载走了季节的颜色却留下了你

婉约多情，似乎不属于某一朵花
但属于一颗心
想想也就算了
星星总是很遥远，偶然的邂逅
那是一颗喝醉了的
但要怎样才天长地久
在临水的树林下
掐指细数秋天离开，已经有多久

别人的缱绻如何变成一片片落叶
砸碎蚂蚁的平静
不要常常翻看日历
张公庙里的那缕烟，早就是
天上的某一朵白云
让你仰望一生

曾 经

去一座城

和陌生的高楼会晤

或大学校园里叽叽喳喳的鸟儿

行一个注目礼

那朵在沧桑了的时光远去的紫荆花

我给你按下的镜头

我该去找谁一同回味

没有连线的情丝

比一个黑色的黄昏更令人惆怅满怀

在河畔弯腰的鱼

始终属于一条生养它的河流

我只是不幸熟悉了

它的第几块鳞片

想想曾经

天桥上没有月光

即将熄灭的光影和一个没有鸡鸣的凌晨

如此令孤城心碎

我的诗不幸经过，竟然

传染了淡淡的忧伤

岁 末

我那么真诚地对着季节微笑

为什么还有风

抱怨我的明天

没有穿上那件云做的白色衣裳

我的时光不都是晴朗的

去日的雨陪着落花，给我文字的瓮

浸泡了多少闲愁

昨夜星辰，只是

遥远银河的一个梦

我在等待弯弯的月亮

来到流水潺潺的河边，和我

倾听禅院的晚钟

古 意

触摸古老的方块字
那是一块块烧红的炭
多少回，把我的心
也烧得通红
今天你们都走了
只有黄卷里的大雁还在飞
孤村暮鸦，寂寞像一杯苦涩的山茶
被我悄然品尝
时光的沙漏，漏尽了也不过百载
什么时候
我也要去看你们
然后守着一盏青灯
在佛的脚下安然入眠

海 边

那曦日会比山里的那个大

深不可测

水底下活着的都是一些什么鱼

船来船往，水族也很艰难

只是不能往深处去想，想得多了

泪流满面。我要在岸边走走

海浪的声音是一串

挂在墙上的雨滴

岩石都会老去的时光

还有谁和我在石洞口

拥吻陌生的春天

让我把野菠萝还给山神吧

这份礼物，在昨日

让我夜夜无眠

幸福的诗

许多隐伏的危机被山草遮盖

野花摇曳，梦的绳索绑住天空的柱子

我派出一队黑色的方块字信使，从空气的梯子里

抵达你的花园

你的花儿为什么那么红

是不是浇灌了诗意的泉水

我一直在仰望你的冠盖

有你的季节温润如玉，略带春暖花开

白云飘过梅花的眉眼

我们相约兰亭，找一处清幽

重温曲觞流水

春天不远，雨水滴答

只要一杯暖酒就可驱走陌生的寒气

然后，在彼此的诗行里沉醉半日

雾横行的日子

山亭寂寞，燕子的踪迹无处可寻
枯萎的树林，唯有青草莘莘
一只号角在催我，明日西出阳关
狐的哭声有些悲苦。我总不能
甩一下宽大的袍袖，将这江山视作无物
而美人，你在何处等我？兰花独爱幽处盛开
竹子结伴山脚，那被文字埋葬的人
几百年了，人们还记得那名字
而被钱财埋葬的人，你的抒情
是不是还在荒烟衰草下
找不到花开的春天
我对着远方的大河惆怅什么
帆影早就别了孤村，海鸟浪迹于汪洋
浪花滚滚，多少人点起寻找光明的灯盏
在雾的胸膛里，只照见一堆无字的经书

一弯斜月

设想在某一个深夜与你相逢

从此记住了你眉弯深挂的愁绪

我烧了多少根苍白的苇草

才换来你的盈盈一笑

或渴望拥你入怀，怎奈寒夜的风

吹走了两个淡淡的影子

阴阴的小雨，打湿了油桐花飘落的街角

从此再不相逢，再不深情凝望

一江春水载不动文字的船只

但可以途经江峡寻找你

我要登上一座石头如阵的山峰，默念这转世的咒语

撕破蜘蛛的牢网，印证曾经的誓言

纵然，千帆过尽，宿鸟急飞

来处的西方，谁擦了一抹淡淡的彤云

明 天 的 方 印

我用雕花的手，刻一颗方印在路上
传说的冥界，两个月亮的复合
白衣的精灵扛着经书来找我盖章
我的窗户没有星光，有一个黯然的洞口
那是野百合开放的忧伤
我要去树洞里，拜访那七个长高的矮人
侃侃而谈，蘑菇和红蚂蚁的恋爱
我将种下剑和地雷，种下
茅草的根茎，用以祭祀神的嗅觉
在每一个无人注意的角落，编织毫无用处的绳索
试试，能不能在一个午夜绑住禾雀花的翅膀
有些人没来得及收拾行李就长途旅行去了
有些人在我的等待中缓缓转身
像一朵花开放在我的身畔
而我却看到一只下雨的象声词，淅沥而来

相约饮酒

听说这是一个
冬天的城
也是一个以诗歌的名义
举杯的月夜
天上有没有我的好友
只要停车，抬头
就知道了
当诗歌简洁得只剩下
三两个知己
这个酒就是不绝的诗意
喝过是不是回头寻味
我有些恐慌
因为蝴蝶都不在的季节

油菜花要开了
所以我必须推开西厢的门
和唐朝说一声再见

篝火

雨下潇潇

我生命的篝火向何处飘摇

激情的灰，抹不掉

两情相悦的昨天

山楂树上的乌鸦

把一个过剩的黎明啄掉

把月光的冷

涂抹在身上

所以我的致意，已不是你

想象的那样

是一盏温暖的火焰

此刻更像一朵白梅花

躺在石头上，接受

零落的葬礼

雨滴

我要向乌黑的夜致意
向乌黑的雨滴致意
向远方默默无言的眼睛致意
石榴裙的季节过去了
玫瑰不再是嘴唇的代言
红枣树一株又一株老去
天上的水缸也在老去
我把信仰埋在香蕉树下
我要在一个晚上坐火车去挖回来
生锈的信仰，缺失了一半
一半在远方
在一条河流的旁边
船和皇帝在睡觉
属于我的爱情被陈旧的日子遗弃
被陈旧的雨滴遗弃
被路边的梨花背弃

老 巷

老巷就是一个个无法兑现的诺言

每一个诺言没人捡走

就成了老房子

杨桃花下得像盐霜，其实多么不好

总有一个窗口像一只幽怨的眼睛，盯着

谁和谁的待月西厢，始乱终弃

盯着一场春风花雨，然后

把过路的我吓得心惊肉跳

仿佛蛊毒立即入心

而我不可能不走过历史的石板路

繁华在脚下哭泣

未知的背影是一个任性的柿子

那甜，在心里，在我与你的罗帐里

腊 月

我要开始计划了

明天去挖一块地，种上后人的房子

去寻找一块油菜花

把黄色的梦想，穿上朴素的外衣

酒可以不喝了

都是别人的琴

都不让我抚一曲

诗歌也会老去

把我的银子都散了吧

我还喜欢白色的梅花，那是种在遥远的山沟里

我不知道可不可以

席地而坐

你在我的肩膀枕着香雪

吟梅花诗谈梅花情

孤独是弯弯的眉

像一条小小的毛毛虫

在我的心里吐出一片月光

一个影子在冬天闯入

越过城隍爷管辖的地界

豫园被一个影子闯入

三穗堂的梁上不挂蛛网，只挂荣誉

屋瓦的缝隙落满了雨声的痕迹

巫师和士绅们，你们为谁伸展情绪

我和某些我不认识的人并不关心这些

我沿着曲径，轻叩回廊

梅花为冬风怀下不世情缘

我无缘赏读她吹弹可破的洁白

但可以和一抹芭蕉的绿说起

一场又一场的雪，一阵又一阵的琴

为素手红裳轻抚

我斜倚廊柱，细想从前

风花雪月可否嵌入相思如水的愁

如今你在我触摸不到的高处

像星星，相望无言

我借春风，吹开一棚紫藤

半掩的角门里，是不是你的藕荷色裙裾

花棚下，洒落紫藤花破碎的一串串叹息

梦幻的雨滴

雨滴下在感觉里，墨色的大地
垂头丧气
白蘑菇是月光的精灵
她的爱藏在饱满的躯体里
为谁思念，这没有出口的感伤
眼睛的河流里奔跑着
一只无人的单帆船

雨滴下在感觉里，一盏灯像太阳
照耀着屋子里的玉佩
相约进山的人
用双臂拥抱山神和茅花
围着欧阳修的醉翁亭跳舞
醉翁你去了哪里
去了一篇古文里
就再也没有从历史的山坡上走下来
而我寻找圆瓜和牵牛花的嘴唇
找到了彼此默默无语
像一张旧相片
被雨滴模糊了它的画面

雨滴下在感觉里，今夜要为谁欢笑
兰叶上的风起于大泽
萝卜深陷淤泥
明天的约会属于你们
小手纤巧，梅花摇着玉色的笑脸
我的世界不应有色情的吉他
诗继续像青草
秋天黄了一片，冬天枯了一片
今年春天，又要绿了一片

雨滴下在感觉里，夜里有夜的微笑
窗口有窗口的微笑
一片笑断了木头的坟墓
也有它的微笑
但所有的微笑，都不及
一个石头的微笑更古老
和氏璧，你如今藏于何方
我又为什么要提起你
只因我梦里的青山
那一片片梨花像雪

那一条河流的沙滩好宏大，躺着
无数和氏璧的子孙
而我的石头们都出现了白发
我灯下看它们
略微忧伤的眼睛
它们和我惊人相似
有一个回不去的故乡
有一堆没法再见的故人

雨滴下在感觉里，下在爱的瓶子里
我们曾用酒，在异乡的街头牵起
红丝线。一个陌生的世界
让我贸然闯入
我的秋天和冬天
收获着属于这个季节的红黄
喜鹊们你报什么喜，孤独的城市
我和你的臂弯一直灯火辉煌
我和你的离别一直灯火阑珊
我梦里伸手
圈点了多少春天的红颜

都像，某一地冷凄的落花
雨滴下在感觉里，下在地球寂寞的板块里
牛羊都不怕冷
我为什么要把生命蜷曲在草原的边缘
爱的欠账，由谁来偿还
白花子草的夕照被谁捂暖了寒夜
我思想里的虫子，鸣叫了三天
从此失语一生
曾想过飞翔于过往的时空
在霍去病的骏马下，再一次
观看牛粪子烟雾腾腾的城市
城市里曾经的两个花朵
是不是，从未老去

雪 花

粤北以北，腊月被雪花埋了
我的朋友，原来你也被雪花埋了
也许，还有我某年某月某日的游踪
也被雪花埋了
如果雪花再多情点点，再勤快点点
一定可以把番禺的我也埋了
如果埋了之后，我会不会变成一颗麦子
身体献给黑暗，灵魂献给将来
那些熟悉的鸟会在我的头上唱歌
我愿意在它们的胃囊安眠，飞上一片云
这都是雪花的功劳，然而
我的雪花始终没下

梅 花

梅树长出了雪，天空落下了梅
这是我关于江城梅园的诗意
我不可能有时间进去园子
把满地的白捡拾，装进诗歌的瓶子
作为这一岁圆满的总结
我也不可能在梅园住一个晚上
陪着那些冷艳的美人穿越某一个浪漫的朝代
寂寞总是有主的，如果可以
我就带些到今夜的梦里依偎入眠

寒 冷 的 早 晨

时光像懒床的孩子，定格在周末的七点
旷野的风像刀，偷偷
切掉乡村大妈刚蒸熟的蛋糕
不去散步的母鸡和孩子们
围作一团，重复狐狸的故事
可是窗外的车轮声
比风还急
定是邻居都到码头去了
送别不属于这个地方的鱼
定是邻居都跑去买花了
皆因，旧岁将除，新年穿着彩色的衣裳
要接管这座把春风关在心里的城市

从 此

我不说冷
不说西城路某号转弯相逢的诗意
那是我见过的最随意的一朵香艳
不说地铁真的很近
和我的画室，就像嘴唇和眼睛
我或在等待若有若无的爱情，从地底忽然
钻出来，在一幅我留白的宣纸上留下墨痕
假设了无数次了，梦里还是刻意分不清雪花梅花
分不清江水东流或西流，反正流去的都是光阴
不说性灵的村庄，鹰的飞扬
某一粒酒醉的星星，为何只照耀了一只陌生的红袖
为何那些苍茫的雾，只罩住了未来

雨 景

在年轮最后的辙印里
寻找生存的真理，雨珠在某个地方
是黏连运动的珠子。一场雨的战争
你不戴上斗笠，踩着沙沙的落叶
你看不到。平静的溪流会激动地哭
像一个过度悲伤的人
当一切终结，所有的喧闹突然停止
仿佛激烈的雨景只是一场遥远的梦
雨中造成的伤痕合乎自然道理
溪水回复温柔，送出优美的音符
而我从九十度角平视，感悟现实

潮 水

拥有潮水的人，是幸福的
把诗歌和艺术品像潮水中的鱼那样捕捞
是幸福的。没有潮水的人是不幸的
我所以认同潮水，它在胸中起伏的时候
空气里有鱼的腥味，有大海宽广的气息
我总能比那些守着池塘的人，拾获
更多的鱼和只有我知道的快乐

年 尾

我本来可以驱车去一个地方
去看一首诗歌，以及睡在诗歌旁边的竹笋
去看异乡的夕阳，和我杯中的酒是不是
一个颜色。我本来可以
去和所有的梅花梨花桃花约会
看看 2015 冬天最后的红颜
寻一个安静的小园闲坐，听风的消息
如果夜晚太冷，取一个烤火的小炉
把这冬季拾取的诗句扔进去，哔哔剥剥燃烧取暖
这样的日子真的，一年中能有几次
无论思念重得像石头、铁、铜、金银
我都不会去了。我就守着番禺这俩字
就像一只休渔的船，静静地等待，等待

日出南海

波涛翻滚，冰像多余的纸屑

留给深海的鱼写字吧

太阳是铁匠烧红的铁饼

温度上升，惠及岸上黎庶

母亲的茅屋是母鸡温暖的窝

所有的小鸡都在呼唤花开

春天你为什么还像一条地底的蚯蚓

久久不过来

我沐浴阳光，走向榕树下的码头

我将和小舟结伴而行

我要寻找水底的贝壳，装饰

我生命里的小屋

我要去和龙王签订合约

许我一载风调雨顺

彩色的鱼群是我花园里的常客

阳光是我寒冷时的衣裳

我穿着它，去看你脸上

眉眼盈盈的桃花

飘 雪

中午十二时，一月二十四日
天上飘飞着
天宫厨子倾倒的白色羽毛
波涛刚刚和我报讯，我心仪的葵花都开了
而你都下来了
一百年只下来一次
乌鸦说这是她的生日
金鱼说这是她的许愿，我能说什么
我园子里一株最美的桃花
是最初的花朵
而我不愿意那么喜庆
多少古文字里的寒窗被雪埋了
就再也没有飘出诗句
多少荒寺僧人的雪地脚印
成了一个有去无回的记忆
我也不愿意太过悲愁
盛世的风吹过我的禾粟
仓廪饱满，野雉都在竹林里欢唱
而你的白，更像一杯淡水里的盐霜
让我舌尖留下浅浅的回味

空 气 的 性 质

只说清晨，一个夜晚的沉淀
肉体的味道在山野里消失
茶花的骨朵向往了将来，能否走到春天
这不是春天知道的事
我只须明白，空气冷峻
流水可以平滑地去该去的河流
没有谁会回头指责流水
茶花可以顺应时序，走完
作为茶花该尽的责任
只有我不可以像流水或茶花
一时的将就可能掉进
茶花的陷阱或溪水的漩涡里
所以我准备了救命的稻草
也许到了某个日子
真的有用

忙碌的腊月

我宁愿这忙的含义

是所有平头百姓的含义

我要支起一个大锅

蒸年糕，炸煎堆角子、煮裹蒸粽或其他

我要去热闹的市集

找寻节日的微笑或无奈

钱袋可以瘪一点，只要能买回亲情和快乐

我要去看看桃花谷里的桃花

绿萼之外的粉红

是桃树绑上的红头绳

看着，你就春心荡漾

然而我的忙碌却在一大堆和诗歌

格格不入的砖头沙子里

腊月午后的阳光，照见我

站在某个大院台阶上的郁闷

一 点 点

要像野鸭子一样

在长满芦苇和苜蓿的沼泽里飞舞

除了食物，还寻找情感

冬天欠了我许多

我无处可以讨债

要像鸟儿一样去探寻神秘的雾谷

那最美的不是叶子

是山谷里的草屋

我喜欢那里的巢

累了歇一歇

再把爱留下一点点

我也欠了冬天许多

那么多的美好

都有一双眼睛看着

忙碌而不自由的我

我被某种力量绑着身心

所以不可能像野鸭和鸟儿一样

在你的眼睛里飞翔

小 年

小年是丰衣足食的日子
灶公好生有德
炉膛常旺，炊烟多像白裙子
飘过竹林，鸟儿多啼几声
飘过苍天，大雁多舞几圈
乌鹊都不往南飞了
周公也不吐哺了
拜过灶公的村妇，美得成了一朵桃花
在溪边，春天像一张诗意的床
暧昧而清新
春意洋溢，寒冷都快流走了
如果我在溪边，刚好遇见那朵桃花
我一定多看一眼
仅仅多看一眼

夜半

醒来，寒意袭人

书房里有我的纸上牡丹

笑意盈盈，只是

不能投怀送抱

日子太平，生活一帆风顺

没有太多的闲愁供养诗歌

只有平静的心境，像一个偏僻的码头

泊着寂寞小舟

记不清多少个夜晚没看到我的月亮了

几乎忘记了拥抱的样子

是不是刚好还留在有曲线的位置

多想趁明日无雨，有风，驾舟

去深入一座贮满思念的岛

拂开沙子

一睹隔世的情缘，是不是

依旧埋在那里

外 面 下 着 雨

石头在腊月哭泣
挨着它的草都枯了
它没有力量给草一罐翠绿的颜料
染出一个浅黄嫩绿的春日
石头在哭泣，其实是天空在哭泣
积累了太多的酸辛
总要找一个发泄情感的出口
所以没有阳光的公路
多少归乡的心被雨水牵绊
如果在远方
都有一个倚门的母亲
我觉得这一切都很值得
哪怕雨一直下着
直到桃花树下
流出一条碧水悠悠的小溪

岁晚的意愿

我希望天空的云朵
随意飘过某一个时辰
失踪的梨花白，都从容出现
跟我说一声再见
客疏茶凉的草堂，只要我在
诗意就像泉流
从墙壁上绵绵流淌
不去听那时鹦鹉
对古老的牵牛花重复一百遍
何必归去，何必归去
小小的情怀，如果隔了一个省
云朵也会变色，在我的伞下
究竟有几朵悄悄地化作蒲公英
墙角的蛛网都知道
而我不变的忆念，像雨滴
深入我血肉的土壤
偶然长出几根稚嫩青绿的灯芯草

逆　旅
咏叹调

东西南北（组诗）

东

一座山的概念
沉重，青翠。黄色的泥土
让一株思念的曼陀罗
开放出一朵一朵的白花
我在千里之外，可以听到
寺院的晨钟暮鼓

睡在墓冢的亲人
却像日夜枕着一个柔软的枕头
贪睡不醒。我偶然回去家园
告诉庭院里父亲生前手植的薯藤
请不要去寻找父亲了
你纵然爬出大门之外
依旧听不到熟悉的脚步声

父亲的家园，凤岗楼子34号
自从那个春初阴雨绵绵的日子
一直蒙着悲伤的黑纱

在沉沉的梦里
一次一次地揭开
一次一次，我依稀还是那个
童年爱踢开被子的孩子

西

一生总会有一部
作品，浸透我海洋般的忧伤
那些年仓皇出逃的鱼啊
被教堂的大理石压着
向往自由的海水

冬日的风和黑夜的月亮
让我的诗歌葱郁地生长着
有几首会根植在你的心中
长成大树，一树一树地花开

城市沦陷了
一座遥远的村庄，再也看不到

熟悉的陌生人。我在稻谷收获的季节
和你的乡水彼此相望
鱼早就不在
茅草遍布了你祖先的土地，以及
我荒凉的内心
蓝色的牵牛，并没有在风雨飘摇的日子
从我文字的泥土里萎谢

南

我日日睡在你的怀抱里
我已无诗，我还要
对你说什么呢
我有一些祈盼，像鸟声一般
会在黑夜过后的清晨响起

我一直努力着
顶住山上吹下来的大风
祈盼不要吹走我茅屋上的茅草
我的田园，近年收成不好

贫瘠的泥土，长出，尽是干瘦的诗歌
我知道诗歌不可以果腹
我在蛛网编织的经书上，读出
一个又一个充满神秘的文字
关于生命，关于合欢

你如果是一朵云，你一定可以看到
我善待众生，所有经过我生命的
蒲公英、青梗子、野薄荷、红枸杞
都将在烈日下得到我的一滴泉水
可是我不能日日相伴你们
我只是南方之南的一个旅行者

北

已经好长时日了
我的大北方
当年同去的人，有些
已化作天边的流云
有些，在日子的夹缝里

跟我的生存擦肩而过
可是总不能忘怀。柔软的麦苗
在我生命的支柱上葱绿着
我的抒情欲罢不能

那些陌生的村庄，以及高速路抛锚的客车
满屋子的玉米棒子和临风绽放的木芙蓉
我记得你们啊，我还一直仰视着
村庄娇艳的花色，也许，再等等
我就可以读出你们的疲惫和凋谢

宋 朝 名 人 （组诗）

柳永

梦回大宋，我是柳永，同一片月光下
多少柔弱的燕子被豺狼扭断了头颅
我不再到歌坊间
为画船的笛子谱一曲《八声甘州》
我到市集用青袍换剑
从此扬州街头，多了一个忧伤的剑客
谁还慕名而来，只为一阕杨柳岸晓风残月
念去去千里江波，洒下离别的相思泪
我在一片刀光剑影中，提着仇人的头颅
踏一朵白云，然后羽化成仙

张择端

我一定是那个张择端，请原谅我那么热爱
一座拥挤的桥，请原谅桥下南来北往的船
载来财富，偏偏忘记把爱情给我送来
我只好流连市井歌坊，用一双寂寞的眼睛
记录《清明上河图》，这个季节

杨柳已经堆烟，桃花刚刚盛开，一只大雁
正要去远方寻找离别的爱情
我不知道我的爱情在哪里，我只想把你们
都请到宣纸里，找一张八仙桌坐下
今夜大碗酒大碗肉，不醉不归

辛弃疾

将军，你的手下兵微将少，郁孤台下清江水
中间多少行人泪，其中一滴是不是你的眼泪
我不懂感伤，让我化身你手中的宝剑吧
爱恨情仇，都别去想了，家国的耻辱
没有比一把剑更好说话，我们去杀气腾腾的沙场
没有谁比我，更想饮豺狼的血
从那时，到今日，我在所有的梦里
铮然出鞘，你知不知道？但冷冷的夜月
一直照见我寒光闪闪的剑锋

秦观

少游，我可以变身浪子柳永、画家张择端，以及
做辛弃疾将军的一把剑，但我不愿成为你
彬江幸自绕彬山，为谁流下潇湘去
你太忧伤了，如同山谷里的一只寒号鸟
你的诗词谁人听？有哪一只轻舟愿意把你载出
悲伤的囚笼，到南边听海，看红日初升
你可不可以放下北方，放下五斗米
从此成为桃花源里一逍遥渔翁
而所有春天的桃花一定愿意围着你开，纵有
被春风吹老的几朵，也是快乐的剩酒
少游，把房子卖掉吧，我们去寻找李白
千金散尽，长安城里，我们依旧是那豪情万丈的诗客

四更天（组诗）

一更

进入梦乡，南方的秋天在望
一场楚国的猜忌和倾轧如期出现
帝高阳之后裔兮，拥抱了坚硬的石头
清澈的溪水，流经我的河流
我唏嘘感慨什么呢！一座城送我鸟语温柔
那个端午过后，城就陌生了
我经过白玉的牌坊，去看那亭那山
泥土下是四百年前的诗歌
我在华师大图书馆的一角，和你默默相对
"空翠飞犹湿，余花落尚浓"
谁为空翠？谁为余花？这是一个
轻愁阵阵的时光，至今无人知晓

二更

城楼的四十二只眼睛，两只半睁
它们看不到，我关闭的柴门
马车偶有来往，那白衣的仕女深夜归来

应该是一只伤心的狐，与我无关
我在这个时刻里，等待一场雨
如期而来。雨中场景一再变幻
远方会有雕花的窗子，窗子外面
妖娆或素艳着
与我有关的花朵。露珠儿晶莹
幽独的相思织进了诗歌，我渴望飞翔
然后一室相对，热吻如同花香
雨声淅沥，笑我依旧孤独无眠，只是
闪念并非虚妄，它是一道照见我哀愁的闪电

三更

最美好的时刻，夜色温柔
鸟群进入沉醉梦乡，蛙声远送夏的热情
我在思念往昔弓箭上的时光
想念那一滴伤心的雨，如何在高速公路上
砸痛我的神经，我和古村落
从未，缘生缘尽。老巷里的石缝
我记住你的青草，那是我的汗水

是你，荒芜了的诗意
你走了，可是你还欠我一个溯溪而上的诺言
我觉得那里有一株伤心的桃花
会在每一个春天，对着溪水哭泣

四更

蛙声是农历七月十七的毒素
麻木了我的神经，我有些疲倦了
燃烧的蜡烛也有将尽的时刻
可是我看到了雨珠，落在
我指缝的花朵上。很像我熟悉的眸子
更像长夜里的那一盏柔和的明灯
照着秦时月色宋时梨花
照见我马踏霜浓，站在长亭上的半分惆怅
天空的大雁来来去去，有没有一个
不需要离别的秋天，有没有一张琴一盏清茶
和我的诗歌，缠绵一个泛舟江河的下午
我的期望多么渺小，如同窗边路过的微风

雄州歌吟 （组诗）

梅岭，梅岭

一条陡峭的山路，像乌龟背
注定拜山的人，龟速经过
秦国军队来的时候，风是黄色的，夹着
黄土高原的尘沙。张九龄相爷经过的时候
风是乌红色的
那时的丹橘和官服颜色惊人相似
不信你找一枚唐朝的丹橘让我看看
从寒烟古渡下船，把大余踩在脚下
作别置酒相迎的官员和歌舞，路还很长
过了白云的故乡才是曲江，我们的丞相
你很早就懂得复制粘贴，把长安的曲江借来变作故乡
把无数的唐诗，变成梅花，芬芳后来者的抒情
待梅关出现，那是唐朝的兄弟，宋
交了买路钱，和守关的弟兄喝上几碗曲酒
你今夜就把风尘洗了吧，珠玑古巷
歌舞升平，盛世欢歌，谁是折柳歌手？凭一曲
水调歌头，唱老了宋词，唱红了小蛮腰
多少绵绵情爱，和岭上梅花一样开落
东坡先生，你足迹过处，寂寞的风吹了满地

唯独你还在歌吟大江东去，浪淘尽千古风流

再后来，屈大均来了，我番禺的先贤

背负一生传奇，"红叶影里双人去，白猿声里一人还"

红叶影里去的，是承你壮志，推翻满清的北伐军

浩浩荡荡，几多传奇，岭上的鸟儿还在传唱

回来的，不止一人，梅岭三章，火种撒了满地

从此红旗如血，雄州如铁，斜阳照着

一株株凄艳而壮烈的梅树，直到夫人庙的香火

驱赶了长亭送别的哀伤，大地在我的眼里节节回春

珠玑古巷

在珠江的腹地，早就听说过珠玑后人

怀念的感觉，如同饮一杯下午茶，也似

在看一件穿过的合体衣裳

十月金秋的午后，稻谷飘香的季节

我踩着沙沙的谷子，走进不朽的传奇

我带着许多叮咛来的，比如银杏金色的叶子

比如黄家或刘家祠堂，有人要把它们挂在诗里

和血泪一起吟唱，有人要寻求风中

一年年吹不去的浪漫和散淡，爱，是形式

到了我这里，只剩下迷茫

我不爱百家姓，因为那里没有我的古老的中原姓氏

我不爱珠玑巷，我的祖先不从那儿入粤

可是总不能因为我的不爱，而不来珠玑古巷

我应该去看看唐宋遗风，那是我熟悉的感觉

我要去张昌故里，他的父亲叫张九龄

我要去凭吊胡妃塔，原来妃子也这么凄苦悲伤

我还去旧戏园子，那从前的花旦，你唱哪一曲牵肠

有牡丹亭吗，有窦娥冤吗，有越王剑吗

曲韵悠悠，谁触动思乡情怀，泪湿青衫哭苍天

也许都过去了，一念繁华，以及半路秋风

只有成排的腊鸭，在遥祭祖先的魂魄，让人满怀悲壮

珠玑珠玑，那女儿一般的质地，怎耐得

数朝风雨，泥砖屋，青瓦盖，你把遐想中的浪漫

寄到何处？碎石巷弄，笛子依旧，斜阳依旧

大雄禅寺

僧人，温文尔雅，你的蓝色长袍

卷走了多少风尘仕女不解的目光，你带着她们

翻越了一个西游童话，然后把一串珠子

戴进一颗颗平平仄仄的芳心里

我只是跟着走了一程，菩提树把我悄悄喊住了

我在星光下听秋风和叶子说话

多少无心的人经过又走了

多少有心的人，呆坐着，凭夜色如海

淹没尘心。我仰望天空

夜色是灰淡的墨，半月悬挂在殿角

像人心角落里幽深的冷漠和无情

像这个欲望社会里孤标自赏的清高

月色冷冷，是不是我独处寺中的心情

庙门之内，庙门之外，是一条漫漫的因缘路

我进去了，又出来了

月光跟着我，一言不发

我跟着月光，也一言不发

银杏，银杏

进了村子，头顶的鸟儿在说，我那么远飞来

为何你的叶子还不黄？已经十月了

也许是村子里现代化的房屋，把季节烘暖了

那些古代令人生畏的霜露，都躲到深山去了

我依旧满怀虔诚，沿着一条竹篱牵牛花簇拥的小径
瞻仰千年古杏，仿佛你用无声诉说阳光
曾斜照宋朝的山道。仙人送来种子
播撒漫山遍野的金黄。从此诗意陪伴村庄
沉默了经年，是谁，把一条带子牵到山外，从此
车马如龙，人群如蚁，爬满十月的乡村
那缤纷一地的叶子，覆盖不了人心厚厚的浮躁
你在这里寻找到一片心灵宁静了吗
银杏无言，樟树无言，竹子也无言
秋天的风，从我的身边，匆匆跑到山里去了
我好想知道，白云深处是不是梦的故乡，是不是
皇帝刚刚脱下的龙袍？是不是，你我深情的向往
为那一份金色的纯净，地久天长
是的，它还在，从未离开

古村，古村

秋天去乌迳古村，秋风给我的眼睛
戴了一副黄色的眼镜，我看到了稻穗，欢歌
饱满的谷仓。祭奠谷神土地，从前该有一场歌舞
在古老的土地上不可或缺，今天的省略号太多了

只能在土地公的牌位和巷口的石敢当上

凭吊那远去的敬畏和感恩，当荒草爬满人心的无奈

天一直看着，村子和草木

原谅我执着的想法，从一只巨大的螃蟹开始

这是一株千年古榕，守护古老的村庄

树枝下的溪水已不再清澈，早晨的鸟儿依旧爱唱

有几人心静如花或心乱如麻，机动车的噪音

只能加剧祖居的倾圮、毁灭、消失

曾经的荣耀，都在破旧的马头墙上写着

远去的爱情，已不足以津津乐道

但我相信，这是暂时的，只要盛世的风还在吹送

街角的木芙蓉花还会再开，古老的春天必会再来

雄州夜月

市政府迎宾馆 328 房间

一道大门，把我和诗心关在里面

我依然喜欢啼唱，像笼中鸟

喜欢打开心扉，让窗口的秋风送来想象

我渴望春天赏梅，秋天赏杏

在每一个柔情似水的夜晚，欣赏明月

远在天边的月亮，不只照今夜的雄州，也照离人
从这古老的城门出去，马蹄嘚嘚，梅岭古道
你运走了多少的相思，运回了多少的欢乐
出入广州会馆的巨商大贾们，不是时代的弄潮儿
书院的读书声，让古城的河流漂的不是铜臭
是报国立志的涛声，明月澹澹

温柔是行色最好的饯别酒，去后，天空碧几分
愁就多几分，长亭里的诗词就会多几分
一曲怨笛，赚了多少情泪，至今
有谁记得东流水，送走多少镜花水月
千古风流，总被风吹雨打去
只有独上层楼，看这明月，幽幽照着大美雄州

六片银杏叶子

你们依旧青绿着，像我的迷惘
看不透秋风的姿势，斜或旋转
一些预约，是不可以兑现的木桦
已穿破自卑的骨节
比起那些竹竿，我该多几分愁绪
望月，我的温暖挂在南边的竹筐里

海风夜鸟，寒意是那颗你微圈里的流星
我将拒绝霜降，寒露依旧是寒露
和我的诗歌无关，这是杏树的故乡
我和来自各地的你们，相识，相欠，相念

在南雄县城

第一次来，只占你很小的一张床
你一个温暖的拥抱，波及我凉薄的诗句
来不及道谢，我转身要走了
像所有的诗人，背包里装满了离愁
我秋夜里的相思，送给半月吧
有些相逢只是残破的记忆，但一定是
我生命画纸里无法抹掉的符号，送给黄昏吧
一些场景好像前生就已熟悉，我只是在异乡的街头
无缘与你，沐一缕晚风

诗 人 故 里（组诗）

作家詹邦畿故里

在文字的蹊径里，踩着落花
隐隐闻到鸡鸣和流水的声音
你家的炊烟飘去了青天，就没再回来
土楼里的雨，下到了溪里，就流去了海洋
记忆里的桃花，尽是粉红的眼泪
而那时的鱼在清澈的涧水里，抬头张望
你还是生命的芽儿，鱼沼里的脚印
和未来隔得很远
和土楼比邻，和饶平县茂芝墟相近
和一根扁担似的青年像上下级台阶
和你父辈的伤痛类似，像心凹了下去
但你的脚印容易被岁月抚平
水满了就没有了，有的是你一生的愁云
从山上飘过来，飘去动荡的华夏
最后还是乡思，留在你老家的一块青瓦里
刻满绵密如蝌蚪的忧伤
浮躁的人心，包括从那块土地出去的人
从不关心，从不阅读，知音者稀
这又有什么呢，向来世情如此

我在楼外的古榕下，听到的鸟语
还说着你当年熟悉的乡音

润丰楼怀中山大学詹安泰教授

从新丰楼子的村道进去，楼外的鸟声
把我泡在空气里
那么多的修竹，没被郑板桥赏识
至今还在舞个不停
教授你曾住在门楼里第七间
阁楼上有没有你的涂鸦
我无缘得见，你的名字也是我从中国作家网里
看到的。姓詹的
就那么五六个，有你活着的名字
和健在而鲜活如同竹子的我
别人都不在乎，你的闲愁和小诗
我也不在乎自己，我的闲愁和小诗
我们彼此都不在乎，一个历史的左传
记住了谁的彷徨？只记得
那井水清凉，照见我沧桑的容颜
以及，如同残破经卷的土楼

诗人詹海林故里

他的过去一定埋在那一丛
鸡冠花和仙人掌的下面了
父亲驾鹤去了数年，屋子就老了
他的爱情在屋子里停了多久
屋檐下的燕子说从未见过
他曾经瘦弱，多愁，像一只孤独的鹰
从千里之外回来
黄昏敲门的声音，老父亲再也听不到了
他送给父亲的诗集，父亲一个字也没看过
他的诗是写给白云看的，而白云就在头顶
只多就是云落山溪
他的诗总是弥漫着惆怅，像年少时的风
至今还缠在村后的梧桐树上
再也不可能和一盏孤独的灯
默默相爱，寂静相守，惊听夜半山上的风
呼啸而来
使劲推着楼上卧室的木窗

韶 关 行 吟 （组诗）

韶州

由南向北，她在北边
南岭是一道屏障，南汉皇帝的生命线
两千年前，北风壮烈，紫荆树的血染了一地
三十万秦军，像一把铡刀
切掉了暴君刘鋹的头颅
从此每一块城砖，每一颗守望家园的心
都姓秦
韶州人知道暴风和秦剑
不知道那个叫秦的土地，也有雪和飞花
也有娇媚的女子，如后来的燕瘦环肥，如丰臀细腰
秦人叫婆姨，我叫红颜
我在冬天，遇到了红颜一样的紫荆花
在露水丰润的雨后，韶州河没有帆樯抵达长安咸阳
只有爱像两条鱼，游走在文字的灯影里
我仿佛回到了我的小说情节
那几许温柔，那几许酸辛，与书中无异

云门寺

僧人们种下的谷物，都归仓了
黄色的墙，没有春的花夏的绿秋的黄
鲜艳如一件黄袍
黄袍里，风依旧凛冽
仿佛在反复诉说一座寺庙的沧桑
我曾经来过，如一朵飘忽的行云
那时的乳源是不是还会记得
扶桑花在生命的转角处
装饰我不羁的行踪。春梦秋云，几许清欢
几许寂寞，往事都埋入
深深的地下，如一块化石
如今禅院深深，佛前，曾是前生牵手的两株枫树
深情相望。一塔如柱刻着
南无妙色身如来，南无广博身如来
今生身处禅林，他们渴望牵手，如我内心的想法
佛祖只拈花微笑：阿弥陀佛，阿弥陀佛

马坝

跨过小桥，我就是十万年前的智人
我没有诗歌，只有多情的弓箭
谁是我苦苦寻觅的五色鹿。昨夜星辰
依稀有你，北风吹不走的依依情意
岩石庄严，野菊温柔，白云一抹
像我绑不住你的绸带
你应该随我穴居，相忘于江湖的刀光剑影
守住一湾碧水，守住心中温柔的月亮
伐木为舟，石峡的泥土
是我们骨头温柔的床，十万年前的星，每一颗
都比拳头大，只是在某一个仓皇的夜晚
我们拥抱的力度，不及
一场别离的风猛烈，所以，我变成了一块木头
在暗夜偷偷为久别的相思哭泣
夜从此漫长，流水像钢针
穿过我血液沸腾的心脏

招隐寺

十二月的清晨，招隐寺是一个问号
我绕着没有狮子的狮子岩
去赴跟一场落花的聚会，是你
向我招手。幽径深深
落花在哭泣，仿佛已经哭了十万年
也让我凄凉了十万年
只有招隐寺才让我温暖
它像一个挂在半山中的竹篮
篮子外垂下的野菊花，像珍珠挂在腮边
像哭闹的孩子
只有招隐寺不会哭闹
它是一个住过六祖的竹篮
它是一个住满鸟声的竹篮
它是一个让我在佛前
许下一个来生诺言的竹篮

在虚云禅师舍利塔前

很久之前，我在你的塔前
流泪，证信，略得开悟
天上飞鸟，今在何处
我从此放任一颗心去流浪
在文字和爱的山水里
做那一个执着不回头的人
此刻我又站在你的塔前
亲人们，相继驾鹤离去
故土荒芜，乡愁是无力吹奏的曲子
华年像流水，爱深沉沧桑
继续阅读你的故事
五宗一脉，常伴六祖，只是那遥远的真如寺
是不是还有思念你的晨钟暮鼓
花都谢了，晶亮的石头都在
柔弱不再永恒，而你是几粒小石头
而我也将如蒲公英，随风去我不知道的远方

有一个月亮

你来自哪里，我怅望历史的长河
过尽千帆皆不是
你挂在谁的翅膀上
伴飞花，洒满我跋涉九州的光阴
我赠你一城温柔，若河畔无舟
且于室中置酒，抚摸这，起起伏伏的江山
我或有诗，你或有曲，瑶琴不鼓又何妨
我只索取你的一道眉弯，有青苇千株
当风语于大泽，你若起舞，我为你折腰
你若如霜，不妨相约，泛舟若耶
你若如湖，我已非一颗石子
我是一座青山，只伴你的朝夕
或塞满你的宫阙，你夜夜为谁思念，以致
在熟悉的街角，落下滴滴清泪
而我别离天涯，寒风细雨中，独处书斋
只将这潮湿文字，放炭炉烘烤
也应烘烤千里之外，你潮湿的诗句

在佛祖的家里

拾级而上，得道的鸟
飞过我的头顶。天空
很像一条彩色的裙子
不知道，有哪一位我暗恋的女子
在我没有看见的时刻，穿着裙子走过
竹林像一排琴师的小路。为了粉红的时光
我是带着迷惘来的
来看这里的佛祖，他们法力无边
有金刚守护，大殿肃穆庄严
风来了，不敢掀起低垂的帷幕
我来了啊，缭绕的青烟，一缕缕飘向
黄色的瓦。瓦缝里的野草
你是不是也会枯萎，如同
冬天的溪涧，缺少多情的雨水就会枯竭
我被命运的双手，推着走过
环佩叮当的廊庑，一朵昙花的背影
渐渐模糊了我的眼睛

普洱，普洱（组诗）

4月19日

一场突然而来的大风
把所有安逸的知觉吹个落花流水
普洱国家公园的粉紫色菖蒲，会不会
从此和春天泪别

我难过地张望着天空
它乌黑的脸色使我略微惆怅
曾经的蓝和白
请不要在我的诗歌里继续了
有些字粒，像堕落的花朵
不可能重拾枝头

也许这是我唯一的选择
无须靠着后悔的枕头入梦
我仍是丰满的土地，只要有一滴露水
我就可以让苗儿生长
只要有一片月光
爬满东篱的藤蔓就会
在众多诧异的眼光中色彩缤纷

早晨的风有点凉

一场雨过后
普洱的风有点凉
这风是从我来处的故乡
吹来的吧
像在告诉我
那边的思念有些浓了
我不该还恋着他乡的床
满目的花和陌生的雨
可是羁客的心，风怎么知道
我也知道哪儿的茅屋温暖
哪儿的泉水，更加适合一条诗意的虫子
当远方还有更远的路
我要踏着白云走下去
找到我燃情岁月丢失的迷惘
然后带着沧桑和疲惫的行囊归来

西盟之夜

一滴酒把边陲的风灌醉了
在异乡的街头踉跄着
没法言说的心情不足成诗
我如何安慰风？芦苇都长成金色了
阴冷的山坳上，一千个人头换成了牛头
皮肤黝黑的人有着锋利的刀
如果你拥有络腮胡子
请在月夜躲进茅屋
这里的幽灵依旧出没，尖尖的屋顶
像最近出现的人心
没有浪漫可言
我将永远做一株热爱春天的藤蔓
把慈爱的花蜜献与雏鸟
把孤独的根留给诗歌
把念想的叶子寄托天地

在孟连听雨

只隔一条边界
对面就是缅甸，翡翠玉的故乡
彼此的雨嫁给风，亲戚走得很密
怀疑凌晨五点
我在孟连如意酒店听到的雨
是缅甸过来的
夹带玉石清脆的声音
以及那年烽火中
中国远征军的战歌
也许这只是本地的雨
专门下在我缤纷的感觉里
想念一座寺庙寂寞的风铃
叮咚的声音如同落叶的哭泣
紧闭的庙门佛在里面睡觉
不知道远方而来的我
带来多少心愿要向她诉说
想念一条村庄和她天生的歌舞
姿势婀娜的花腰裙

是我见过的最美丽的鱼
游动在我生命的沼泽里
但愿我在她端过来的一杯烈酒里
沉沉醉去，你来了
也不要唤醒我

异乡客

对于彩云之南的红土地而言
我的嘴巴是陌生的
为了生存的需要，吃掉了云南半个春天
夏天的知了提前来到
把那些企图再美丽一些时日的花朵
气得闭闭合合
所以我心存羞愧，不敢和红土地有太多的对话
不敢亵玩开于别人园中的色彩
我日出而行，日落而歇
内心涌动着爱的泉水，却因为
弯弯曲曲的山路，一大半被颠簸掉了
剩下的一小半

我用来入梦，没有一张是云南花朵的脸孔
我偷窥云南春天的同时，思想混乱
触手可及的依然是来处的春天
勾走了我的魂灵

景谷遇见泼水节

在三月出生的人
心灵的暗流和三月的湖泊相通
这是冥冥中不争的事实
所以傣历 1378 年泼水采花节
其实是我预知的
要不，我不会像一只鸟
突然出现在勐卧佛寺
我在大殿的转角处，惊见卧佛不卧了
她似乎只在乎我的到来
可以见上今生可能最后的一眼
她保佑了太多的人
从此，应会对我好一点
让我生命的春天，开出一朵纯净的花

而我不会孤芳自赏，我愿意你们
把我采了去
我要为对我有情的人，献上
我一生的芳香

在孟连

斜阳最后的一抹余光
照耀着孟连，傣族山寨的歌舞
像暮鸟撞破了黄昏
你们当中最漂亮的一个
给我灌下一杯春天的酒
我手心温暖，只想记住你温润的唇
记住筒裙演绎的春光
我不做诗人，不做远客
不做被月光撵走的客人
但我的一切只停顿在想象里
我是一股风
路过，给村寨一丝温存
给绿色的田野

播下一片良好的祝福
之后想着你，会不会给我的微信点赞
会不会，相隔千山万里
到我的城市，给花盆播下一滴温情
相忘于千山万水

中城佛寺

重门深闭，佛在安歇
我只能隔着门缝看一眼你深藏的慈悲
风铃叮咚，清脆如一只鸟
敲击着沉静
那寂寞的风
吹过摇摆的红石蒜
把我内心的沼泽吹开一丛洁白
方丈和唯一的徒弟化斋去了
日子如此清苦
看不到传说中的奢华
这才是我心仪的净土
我多想在每个闲暇的日子

携一张破席，在风铃和鸟鸣的陪伴下
读一段诗书，睡一个午觉
想一段未了的情缘
然后踏着斜阳，徐徐归去

石斛花

你是春天的小情人，一脸纯净
雨水也不忍敲打你甜蜜的微笑
你为什么喜欢高原，高原其实
只是一个无情的浪子，他给你
白天的火热，以及夜晚的冰凉
你为什么喜欢佛寺，晨钟暮鼓
也许前生你已经种下出世因缘
只是爱过之后才知道一切皆空
你为什么喜欢我，我只是过客
我仅有一滴悲伤的泪水，不能
给你一张今生同梦共枕的花床
可是我是真的喜欢你，日夜里
有我深情的目光，痴痴的念想
是我暮春三月情怀如酒的诗章

端午，端午（组诗）

楚国的水滴，烧干了

七座宫殿的时代，有一个人
被驱赶到南方的河流边
从此他的悲伤和诗，就成了河水
流动了两千年，今天的河水有些不正常
像一个神经病人的血管
但血管里可以行舟
五月初五，我听到鼓声如雷

他已面容模糊，只有写满了感叹词的长短句
偶然可以在网页里搜索
他不是一个人在悲愤，许多被排挤的人
都是圈子之外燃烧的木头
木头上面的瓦罐，楚国的水滴没剩下一滴

我已经到了南方的尽头，没有一条河流
供我流放，但我被汨罗江送得更远
我在人生的箩底，想着一些微不足道的心事
想着一条河流边的梅花，像素衣高雅的美人

我在河流的春天和她偶然相逢，从此沉醉
梅花不会眼看着一个石头绝望沉江
但我会带着一朵梅花的芳影，寂然而去

五月，适合离骚

河堤边的艾草，挤满了五月的胸膛
蚊子们依旧高喊着
走过这一片浪花潋滟的天空
我站在夕阳的余晖里
船打着拍子，对我无视而过
是的，一个胸中藏了诗囊的人
蚊子是不会喜欢的
我宁愿不要蚊子的喜欢，和一株艾草终老江湖
我要在赛龙夺锦的鼓声里
和一场不期而至的雨水，紧紧拥抱
但我不会对一条比两千年前更浑浊的河水，以身相许
在鱼都生病的日子，何须奢望楚国的宫门
为身心疲惫的你，打开一条温暖的缝隙

灯影缭乱时，思念一朵楚国的花朵

你香风盈袖，让我在一座孤城里
偷偷打开随你出走的城门
月光铺满暧昧的时分
我掌灯看你，像看温庭筠的小词
我的呼吸有没有一百分野性
只有你知道，我于骨头的丰盈中
握住一载亦雅亦冷的日子
从此理想流进了我脸上的河流
我在一个春天醒来，遇到你闭合的心情
一座感情的水库，不再放闸
我内心的湖水，随着淅沥的雨水，涨了多高
我不想用一把尺子去量
我只知道，你已经和故国结缘
那片叫湘妃的竹林，四季都是鸟鸣
我只在端午这天路过
月亮是一撇小小的眉弯，略带愁绪

沿河栖居，他们姓屈

帝高阳的后裔，离不开一条河流
泊岸登舟，他们的村庄古老而贫穷
在漫漫的夜色中沉寂千年
当中原和古郢都杀戮声声
当石榴花在渔歌子的号子里尽情开放
当村庄的流萤映照出屈大均这个名字
明末的江山像风雨中的破船
拥有这个名字的人，走出村庄也无法力挽狂澜
由他改姓吧，宝珠岗上的汉柏有些不甘
我仿佛看到它的枝条，向着北方以北鼓舞呐喊
而夕照下，江山渐渐变色，辫子从汉人的脑袋里长出
供奉屈子的祖祠，日夜泪水滂沱
我不知道屈原是不是也看到了这一刻
但我知道这个村庄的泥土
长出了明清几部奇书和一个文人的气节

粽子，乾坤真大

我尽情而热烈地爱着粽子和粽子里包着的词语
爱着构成粽子的传说和汗水
一只粽子的内涵，蕴含着两千年的历史
多少烟云下的江山，大王旗变了又变
多少江湖酒肆，唱断了桃花扇，唱旧了华裳
憔悴了风月，黯淡了红颜，喝醉了诗词

我又一次成为粽子里的传说，让一条河
载我的舟，看谁谁的大江东去
在这么些庸常的日子，菖蒲和芝兰总要老去
唯有竹篱茅舍，外同一粒夕阳
可以和暮鸦一起成为永恒的画面
所以我愿意让粽叶把一切包裹起来
送给时光的大口吞下，无怨无悔

甘 南 ， 甘 南 （组诗）

合作市

你像一块燃烧的炭
温暖我一生的冬天
你的火光，也灼痛我的梦幻
我的内心坦然而内疚
我熟悉你的名字
如同我的掌纹

在灯火下的一个转身
从此时光过了千年
我好想骑着雨旅行
去看你年轻的背影
它沉甸甸
压住我的心尖
西北风吹过的季节
邮路不通
耽误了我一生的相思

草原

你在车窗里
是一幅游走的画
茫茫的雨和雾
遮不住近处的青麦和远方的牛羊
低矮的村落，有人走出来
撞击了我的目光
我袋里没有铜板
胃里缺少粮食
可是心里盛满对你的爱
想着有一天
去你的怀里撒娇唱歌
像我遇见的小羊
可是一万个日夜过去了
我还没有实现这个愿望

合作车站旅社

你还在吗
我在地图上找了
你像白天的星星
像夜晚的太阳
空留给我浅浅的哀愁
我记得你和车站不远
泥泞的路边
有一阵阵细雨
有一阵阵寒风
有一丛丛野草
我那时的彷徨和无助
被你温暖的被窝驱走了
有两双柔软的小手
托着我生命的气球
从万里之外飘回了
南方的城
我不是写不出
感恩这个词语的笔画

我不是不肯派出信鸽

都是有去无回

连同我的第一笔银子

岁月旧了

只有记忆很新

华发生了

只有念想正青青

也许你一直在甘南的天空下

等待一次灵魂之旅的

突然到来

苏杭之行（组诗）

状元故居

近代史的影像，此刻出现在空气里
一辆疲惫的马车，终于在翁家巷停了下来
江南的风，吹不走帝京跟随来的乌云

你从这里出去时，青丝如云
归来时，满头秋霜
梁上燕子还在呀
父辈亲手种植的杜仲，郁郁苍苍

凝望彩衣堂上的状元匾
感慨像梁上尘土，越积越厚
阳光洒落庭院，一屋子都是安详
可是帝国的大像，已经受伤
皇帝被一个丑陋的女人软禁了
他内心的彷徨，你无法安慰
你是屈原的追随者，维新不过百日
六君子在你的泪雨中走向了断头台

两代帝师的辉煌，挽救不了气数将尽的帝国
而你尽管抱负中落，却是幸运的
终于可以择故里终老
倾听子孙的读书声，响彻没有硝烟的清晨

山塘街

山塘河只有七里
却可以由此驾舟去世界的每一条河流
这是一个唐朝叫白居易的苏州刺史用诗歌凿出来的
苏州的船从这里出去，外地的船从外面进来
只应长安才有的繁华，山塘街也有了
歌女们的缠绵啊，把一条河流撩得纸醉金迷
红绡帐里夜宿鸳鸯，谁还记得故乡就是他乡

我来的时候已经太迟，画舫歌舞成了传说
我的内心载满了诗歌，也没有一把琵琶为我弹奏
我问月光，唐朝的柳都种在哪里
我可不可以把我的遗憾埋在柳树底下
听说，那个让顺治帝出家的董小宛就埋在柳树底下

有一个叫冒辟疆的人曾经抱得美人归
这样的爱情，白居易知道吗
街上繁华依旧，美人们像一条条贪吃的鱼
行色匆匆。我细看每一条路过的鱼
都无法和轻歌曼舞、诗情画意关联
我站在拱桥上，一场小雨送来丝丝惆怅

在阳台上赏雨

雨不是一般的大
声音洗涤了午睡后的倦怠
记得午梦回到了三天前游览的拙政园
梦是有脚的，也有翅膀
一千公里怎算遥远

如果梦把时光再向前移动五百年
我可否成为"与谁同坐轩"的客人
没有明月，一帘细雨同坐就可
没有知音，夏天的荷花成为诗吟的对象
五百年的花开花落，多少的兴亡

都被一池荷花笑谈

戎马倥偬的太平天国忠王李秀成

曾一度成了园主，他的五百工匠像蜜蜂

修建破败的园林，只可惜苏州城被清军攻破了

他的工匠们才停下劳动，不知道

他们拿到养家的工钱了吗

在阳台听雨，雨又淋湿了感觉

短暂的人生，该怎样守福安宁

历史是一面镜子，应懂得趋吉避凶

守住内心诗意的园子，长盛不衰

守住一方福地，纵是下雨

雨珠一半是诗，一半是情

西湖

全天下的人都知道西湖

却不知道西湖水的纯净和韵味是诗歌染成旳

那些个在西湖艳遇的人

那些个在西湖茶室里故作浪漫的人

怎知道白堤和苏堤，保护着一座城

也让多少绝代风华的杨柳

和春天订下生死相依

西湖的水，滋养了迷人眼神的乱花

是白居易、苏东坡内心的湖水

是文人柔韧和执着的写照

她保住了南宋一百年，修复了几多人

心里的断碑！让斜阳落下

第二天还能在东方升起

她以母亲的慈爱，抱着愚忠的岳武穆安眠

她让樵夫、渔家、铁匠、农人、店小二

免于饥寒。让白鹭和孤帆

在青楼的歌管里，愁肠寸断

西湖水，从未曾施一滴温柔给我

四次造访，都那么匆匆

有一次和蝎子相遇，差点要命

只有这一次的月光尽管朦胧

却照进了我沧桑的内心

让我觉得你还记得我

北京大观园（组诗）

栊翠庵

那蓝色的牌匾，让我愣了好久
想起妙玉袈裟的颜色
被一座园子圈养的尼姑
却放不下痴妄和傲气
你的木鱼为谁而敲
数声叹息，数声哀怨
像那失群孤雁的啼泣
一座小小的庵堂，怎堪重负
你这朵莲座下的花朵，抵挡不住乱世的风雨
我决心追随你的时代出生
做一个温柔的汪洋大盗，用诗歌
把你捆绑在我的爱里

怡红院

宝二哥你自从变回了石头
回来过吗？回来过吗
你屋后的荷花，在酿造美酒

把七月灌醉了
只有杨柳和燕子
一会儿戏风，一会儿戏雨
我不敢找一块石头，抖落满身的征尘
怕惊扰了文字里的灵魂
你是园里的唯一
没有你，一本书不必写了
园子不用建了，我也不必来了

潇湘馆

一切都那么小
小小的湘妃竹
小小的石径
小小的廊庑
以及住过的主人林黛玉
你小小的多病多愁身

母亡了，父出家了
桃花谢了，宝玉娶了

小小的心怎堪抵挡风刀霜剑
所以，你和诗稿一起化蝶了
而我在园角与你相遇
你摇动洁白的蝶翼
径自飞去，径自飞去
满庭院留下的只有凄凉

稻香村

纵然在温热的季节
稻子只是书里的稻子
这一块田园，种不出稻草人
萤火虫百无聊赖
它无法说服那个心如止水的女子
去做一个浪漫的梦
她和她的孩子，结局我忘记了
但肯定认识生存的粮食来自泥土
她的和善是牵牛花
开满了冬天之外的篱笆
我摘了一朵，安放在旅途疲惫的心里

久久舍不得离开
我好像找到了自己的家
可惜没有谁告诉我
哪里可以煮一杯香茗
等待布谷鸟凌晨的呼唤